Tome I

Conception graphique : Alex H. Santander
Correction linguistique : Annie Goulet
    et Ginette Patenaude
Infographie : Marie-Josée Lalonde

**Catalogage avant publication de Bibliothèque et
Archives nationales du Québec et Bibliothèque et
Archives Canada**

Fréchette, Isabelle
    Tome I.
    (Nouvel auteur)

    ISBN 978-2-923639-08-6

    I. Titre.

PS8611.R42T65 2009 C843'.6 C2009-942555-6
PS9611.R42T65 2009

11-09

Archambault tient à remercier Quebecor Media inc.
pour leur collaboration à ce projet, et tout
particulièrement François Lespérance.

Les Éditions Archambault
Groupe Archambault inc.
Une compagnie de Quebecor Media
500 rue Sainte-Catherine Est, 5ᵉ étage
Montréal, (Québec) H2L 2C6
Tél : 514 849-6206
www.archambault.ca
www.coteblogue.ca
www.archambault-sie.ca
www.jelis.ca

Dépôt légal : 2009

Bibliothèque et Archives nationales du Québec

ISBN 978-2-923639-08-6
ISBN version numérique 978-2-923639-09-3

Tome I

Isabelle Fréchette

ARCHAMBAULT.ca
Une compagnie de Quebecor Media

À Adam et Ève,
sans qui ce livre n'aurait jamais vu le jour

Préface

V ous êtes sur le point de lire le meilleur roman de votre vie (en excluant évidemment le best-seller *La vie secrète de Siméon*, LE classique des classiques). Je n'insinue pas que les autres livres que vous avez lus sont sans intérêt et que vous devriez vous en débarrasser d'urgence, mais disons que le roman que vous tenez entre vos mains est vraiment... comment dire... je cherche le terme précis... bon! Probablement meilleur que les tomes II et III qui paraîtront un jour.

Je dois toutefois vous mettre en garde contre le fait suivant : je ne suis pas écrivain (je ne suis pas non plus poisson rouge, au cas où mon nom prêterait à confusion). En toute honnêteté, j'ai dû apprendre à lire lorsqu'on m'a demandé d'écrire cette préface. Bien sûr, cela ne diminue en rien ma crédibilité. N'être point pilote d'avion nous empêche-t-il de piloter des avions?

Ce livre aborde sans détour plusieurs thèmes complexes. Mais rassurez-vous : même si vous avez une intelligence limitée, il vous sera facile de comprendre, l'auteur a pensé à vous. D'une part, François emploie des mots à la portée de tous, comme « maison », « fenêtre », « automobile » et « table ». D'autre part, des exemples concrets et pertinents accompagnent la présentation des concepts clés. Tout se passera bien.

Surtout, n'hésitez pas à trimballer ce livre partout où cela vous semblera approprié, dans votre main droite ou votre main gauche, à votre convenance. Il a été conçu à cet effet. Ni trop lourd ni trop léger, ni trop gros ni trop petit, ni trop dur ni trop mou, il incarne en tous points ce qu'on appelle communément un « objet-type ».

Malgré tout, comme la vie d'un papillon, les pyjamas de bébé ou la période des amours, ce livre est trop court. Ne l'avalez pas d'un trait, dégustez-le plutôt, savourez la profondeur du récit et la justesse du propos. Vous en sortirez grandi.

Lorsque vous entendrez la cloche imaginaire, tournez la page et entrez dans l'univers déjanté de François Clémentin. Vous découvrirez dans sa douce poésie le secret de la vie, des conseils judicieux, des jeux divertissants et la solution à une énigme mystérieuse.

Bonne lecture !

CLÉO

Mot de l'auteur

Ceci est mon premier livre. Ce n'est pas facile, le premier livre. J'ai donc commencé ma carrière d'écrivain en rédigeant le troisième tome, mais, fait étrange, la difficulté s'est avérée aussi grande que si j'avais commencé par le premier. Je me suis dit : « Fais comme si tu étais un écrivain célèbre et que tu vivais de tes romans. » Et, pour faire augmenter la pression d'un cran, j'en ai remis : « Tu es un écrivain célèbre et tu dois produire le troisième tome, car tu as signé un contrat pour l'adaptation cinématographique de ton roman, dont le tournage doit se terminer au plus tard dans trois semaines afin que le film soit projeté sur les écrans de cinéma à temps pour Noël. » Ce n'était pas suffisant, alors je me suis inventé une maxime : *Ce n'est pas l'inspiration qui compte.* Ça n'a pas été plus facile, mais je m'en doutais. Une fois, j'ai rencontré un type dans la rue qui répétait inlassablement : « La vie n'est pas facile. » Je n'avais pas répliqué. Aujourd'hui, j'aimerais lui répondre : « Ouais », mais les mots viennent toujours trop tard. C'est comme pour ce roman. Non seulement les mots sont venus trop tard, mais ils se sont avérés d'une désolante inefficacité. Vous verrez d'ailleurs que la suite n'est pas très palpitante.

C'est que je me suis pris la tête avec toutes sortes de futilités tout au long de l'écriture, de sorte que j'étais incapable de me concentrer sur l'histoire. Par exemple, je n'arrivais pas à décider de la première phrase de mon roman. Chaque idée qui me traversait l'esprit aurait mené mon livre directement au Goncourt.

Tout a commencé un mardi en début de soirée. Ou un mardi en fin d'après-midi, si vous préférez. Ou en pleine nuit si vous habitez Marseille. Pour tout vous dire, chez moi, il était 17 heures tapantes lorsque j'ai enfin trouvé la première ligne de mon roman. Pas n'importe laquelle, *la* première ligne de mon roman. Vous savez, une phrase aussi puissante que le très approprié « Tout m'avale » de Réjean Ducharme. L'ennui, c'est que dans les jours qui ont suivi, je dénichais d'autres premières lignes tout aussi bonnes... J'ai décidé de réserver la moitié d'entre elles pour mon deuxième roman et de choisir parmi les autres pour celui-ci. Puis, j'ai laissé tout cela de côté pour chercher un élément déclencheur pour le récit, mais sans succès. Donc, j'ai continué d'écrire comme si de rien n'était, au hasard, comme qui dirait.

Trois jours plus tard, j'ai effectivement trouvé un élément déclencheur, mais il était trop tard : j'étais beaucoup trop avancé dans l'écriture. Peut-être aurais-je dû attendre, je sais bien. Mais comment pouvais-je deviner, moi, que l'élément déclencherait finalement ? Maintenant, il fallait que je change les personnages, les situations, les lieux... vous imaginez ! Et puis j'avais beaucoup de choses à faire, ces petites tâches, vous savez, qu'on devrait accomplir aujourd'hui et qu'on remet à demain...

***

Avant de poursuivre, laissez-moi vous révéler le propos de mon roman afin que vous le lisiez en toute connaissance de cause. Selon Cléo, il est primordial de se prémunir contre les poursuites judiciaires, si fréquentes de nos jours. Rien au monde ne me contrarierait davantage que de me retrouver à la Cour supérieure pour avoir causé la « perte de jouissance » de votre vie parce que vous n'aimez pas certains chapitres, ou encore pour avoir attenté à votre pudeur parce que vous ne vous attendiez pas aux passages pornographiques. *Grosso modo*, mon roman traite de tout et de rien. Mais je dirais un peu plus de tout que de rien, cependant, bien que de longs passages impertinents ponctuent occasionnellement le récit. Il y sera entre autres question d'un meurtre, d'interrogatoires, de suspects potentiels et de hamster, mais de bonheur aussi.

Il existe des tas de façons d'envisager le bonheur. Prenez ma mère, par exemple, pour qui le bonheur est comparatif. Elle me répétait toujours : « Mange et arrête de pleurnicher. Des millions de personnes meurent de faim dans le monde et échangeraient volontiers leur place avec toi, si ce n'était du fait que tu ressembles vaguement à un ornithorynque. » Elle avait bien raison. Un jour, j'ai rencontré un type qui disait : « La vie n'est pas facile. » Celui-là aurait bien aimé être à la place d'un autre.

J'en connais aussi pour dire : « Heureux les pauvres, car le royaume des cieux leur appartient. » Ce n'est pas complètement fou, mais ce n'est pas totalement intelligent non plus. Aussi, lorsque je rencontre dans la rue des mendiants qui gémissent et s'apitoient sur leur sort, j'évite de leur lancer systématiquement : « Arrêtez de vous plaindre, le royaume des cieux est à vous. »

Pour d'autres, le bonheur réside dans tous ces petits riens qui façonnent le quotidien. C'est M. Babi, un professeur de biologie, qui m'a tenu ce discours pour la première fois. En ce qui me concerne, je trouve cette vision assez limitée, pour ne pas dire carrément stupide. Un jour, à la récréation – je devais avoir douze ans environ –, je m'étais fait piquer par une méchante abeille (ce n'est pas parce qu'on a le monopole de la fabrication du miel qu'on est au-dessus des lois). M. Babi m'avait regardé droit entre les sourcils (il louchait) et m'avait dit sur un ton de comédie musicale : « Je sais que ta piqûre te fait mal, mais regarde autour de toi, tu trouveras mille et une raisons d'être heureux. » Il avait ajouté : « Hume les fleurs. Ne le sens-tu pas, ce parfum si subtil ? Prête l'oreille aux chants des oiseaux, observe l'arbre qui vacille devant tes yeux comme s'il voulait te faire cadeau d'une danse de réconfort, regarde les nuages qui ont pris la forme d'animaux pour te faire sourire, prête attention à chacune de ces petites choses qui existent autour de toi et, avant longtemps, tu t'apercevras que ta douleur s'est complètement dissoute dans la beauté du monde. » Certes. Sauf que moi, j'avais les yeux embrouillés par mes larmes, donc je ne voyais rien du tout. En plus, M. Babi avait très mauvaise haleine, de sorte que son « parfum si subtil » me semblait plutôt une disgrâce ostensible. Et de quoi aurais-je eu l'air, moi, à humer les fleurs pendant que tous les élèves m'observaient ? Et l'arbre ne dansait pas du tout : c'est le vent qui soufflait ! Pour un professeur de biologie, M. Babi ne m'impressionnait guère avec ses explications...

Ceci expliquant cela... Où en étais-je ? Je suis un peu perdu, c'est embêtant... que faire ? Bon, continuons sur une autre piste, car je n'ai vraiment pas la tête à relire ce que j'ai écrit. Je sais, je sais, c'est important d'avoir un fil conducteur. Mais moi, je vous dis : c'est aussi important de faire parfois ce qui nous plaît dans la vie !

Ah oui... je parlais du propos ! Eh bien, prenez note de ceci : je ne passerai pas par quatre chemins pour vous présenter l'histoire. *Primo*, tous les chemins mènent à Rome, inutile de perdre le lecteur dans les rues de Barcelone. *Secundo*, je ne suis point doué pour les descriptions interminables qui freinent le rythme du récit. D'ailleurs, sans aller jusqu'à dire que l'écriture m'inspire une profonde aversion, je vous avoue que j'aurais préféré réaliser un film : tout y est son ou image. En outre, dans un film, il n'est pas nécessaire de se casser la tête à inventer des métaphores, anaphores, hyperboles et autres figures de style inventoriées dans *Les plus grandes figures de style de tous les temps*. Ces verbiages descriptifs sont absolument inutiles. Aussi inutiles qu'un spermatozoïde hors de l'ovule. D'ordinaire, un auteur qui a recours à la description abusive cherche maladroitement à cacher un scénario boiteux. Ou pire, il tente, sous le couvert d'un fallacieux souci du détail, de substituer à l'imagination du lecteur des images préfabriquées. Par exemple, il dira : « La petite fille portait des bas bleus », coupant court à toute possibilité pour le lecteur de se les représenter jaunes. Il s'agit d'une tentative de manipulation sournoise, voire machiavélique.

De toute façon, entre nous, on s'en moque, des descriptions. Lorsque je lis une description de paysage, je ferme les yeux (en m'assurant préalablement que fermer les yeux est sans danger, ce qui n'est pas le cas lorsqu'on conduit une voiture, par exemple) et j'imagine toujours de beaux grands arbres fruitiers, des fleurs épanouies, des oiseaux multicolores et les plus belles montagnes du monde. Même de jolies rainettes parfois, lorsque mon imagination est particulièrement féconde. Je reprends la lecture ensuite. Je vous jure que je suis tout à fait en mesure de suivre l'histoire, et même de la comprendre davantage. Mais c'est aussi, j'en suis conscient, une question d'intelligence brute.

Pour réaliser un film, il faut un lieu de tournage, des cadreurs, des costumes et des acteurs. De bons acteurs. J'ai commencé par cette étape : organiser des auditions pour dénicher des acteurs dignes de mon scénario. J'avais placardé cette annonce un peu partout dans la ville : « Réalisateur de films pour adultes cherche acteurs, si possible (sinon actrices). Si obtention d'une subvention, salaire minimum garanti. Possibilité de jouer dans la suite du film. » Conformément à mes prédictions, j'ai reçu une bonne douzaine de candidatures, mais tous jouaient d'une façon exécrable. De tels cabotins, ça frôle le grotesque, l'indécent, la fin du monde ! Et puis, je ne disposais pas du budget requis de toute façon. En désespoir de cause, je me suis tourné vers l'écriture. Au moins, je peux faire de mes personnages de vrais bons acteurs.

Alors voilà. N'ayez pas des attentes trop élevées à l'endroit de ce livre, mais ne commettez pas l'erreur de ne vous attendre à rien non plus, car vous seriez déçu. Il y a quelque chose dans ce roman. J'ignore quoi encore, mais je sens qu'il y a certainement quelque chose. Soyez donc vigilant (ce qui ne vous empêche pas de lire mon roman d'un œil et d'écouter la télévision de l'autre).

Cependant, si pour une raison ou une autre vous ne pouviez lire que le début, ce n'est pas dramatique. D'ailleurs, ce

Résumé

C'est l'histoire d'un garçon, et non d'une fille. Il est blagueur, mais il sait faire preuve de sérieux quand la situation le commande. Il est intelligent, sans dépasser la limite. Au début, tout est calme. Arrive ensuite la tempête (c'est une métaphore, bien sûr). À la fin de sa vie (mais pas nécessairement à la fin du livre), le garçon meurt.

Tout au long du roman, des gens sont rencontrés, d'autres sont exclus. Des personnages sont déguisés, d'autres devraient l'être. Certains chapitres sont pairs, d'autres, moins. Par choix artistique, rien n'est classé par ordre alphabétique ; ainsi fait-on écho au désordre mondial. Le livre est conçu pour que le lecteur se sente parfois ému, parfois euphorique, parfois mystifié, mais toujours interpellé.

Enfin, sous un léger vernis de violence, de sexe et de sang se terre une très jolie histoire d'amour et d'amitié, ainsi que la promesse d'un monde meilleur.

Prologue

Hier, c'était dimanche. Je le sais parce que, avant-hier, c'était samedi et que demain, c'est mardi. Dans la vie, il y a des indices comme ceux-là qui ne trompent pas.

Aujourd'hui, c'est donc lundi matin. Un matin qui s'annonçait comme les autres – jus d'orange, rôties, café, banane, pipi, caca, allumette –, à cette différence près que je n'ai pas dormi chez moi. Après une soirée joliment arrosée chez mon meilleur ami Cléo — qui se défend bien d'être un poisson rouge —, j'ai pris le chemin de la maison. Nous avions passé des heures entières à nous échanger des Froot Loops (Cléo n'aime pas les verts, je ne suis pas friand des jaunes), de sorte que j'étais particulièrement éreinté. Mes paupières agissaient de façon totalement autarcique, sans attendre les ordres préalables de mon cerveau. Le sommeil m'avait gagné avant même que je sois arrivé chez moi. Lorsque je me suis réveillé ce matin, j'étais debout, à mi-chemin entre la maison de Cléo et la mienne. Par politesse, les passants me contournaient tout en évitant de me faire trébucher. Cette attention m'a particulièrement ému.

Les chevaux et les éléphants disposent d'un système de verrouillage des genoux qui leur permet de dormir debout. Ça n'avait donc rien d'exceptionnel.

Après avoir pris mon petit-déjeuner, je me suis dirigé vers la salle de bain pour me rafraîchir le visage et plus encore.

C'est à ce moment précis que tout a commencé.

En me regardant dans la glace, j'ai eu une impression étrange. **Un peu comme si l'homme que je voyais n'était que le pâle**

reflet de l'abîme. Pourtant, je m'étais regardé de la même façon que d'habitude, en faisant face au miroir.

***

Vous remarquerez que, tout au long de mon roman, je glisse ici et là des bribes de poésie pour agrémenter l'écriture. Elles sont en caractère gras afin d'éviter que vous ayez à vous farcir la totalité de mon roman si la poésie est la seule forme d'art qui vous plaise. J'ai aussi inclus quelques gags, question d'accrocher les clowns lecteurs. Ils sont en italiques dans le texte. Pour ce qui est des passages de type « polar », j'ai opté pour des caractères plus petits. Je trouvais amusant d'obliger les apprentis Sherlock Holmes à utiliser une loupe pour lire.

Aux férus d'œuvres dramatiques je dis : ATTENTION ! J'avais pensé changer la couleur des caractères pour les passages mélancoliques, mais du coup le coût de l'impression de mon livre aurait dépassé sa valeur intrinsèque. Donc, tenez-vous sur vos gardes, puisque aucune indication ne permet de détecter les phrases tristes.

Chapitre 1

« Ah, voilà la source de cette impression étrange!» me suis-je dit sans prononcer une seule parole (comme j'entendais tout ce qui se disait dans ma tête, il n'était pas nécessaire de parler à haute voix). C'est que je distinguais dans le miroir le reflet d'une autre personne. J'étais certain qu'il s'agissait bien de quelqu'un d'autre, parce qu'il ne me ressemblait aucunement. À force de se regarder tous les matins, on finit par se reconnaître du premier coup.

Ce qu'il a de bien avec un miroir, c'est qu'il révèle toujours la vérité (bien qu'il le fasse à l'envers), et la vérité, c'est qu'un homme mort se trouvait derrière moi, pendu dans ma salle de bain, immobile comme un autobus en panne d'essence, comme un écrivain en panne d'inspiration, comme un couple en panne de désir. Par ailleurs, il était bleu. Plus précisément, bleu n° 129 (« strangulation ») de chez Benjamin Moore. Évidemment, qu'un mort soit immobile et bleu, c'est assez commun, me direz-vous. Je suis plutôt d'accord.

Fait étonnant, toutefois : les pieds de l'homme ne touchaient pas le sol, pas plus que les autres parties de son anatomie, d'ailleurs. Je n'en croyais pas mes yeux. En revanche, j'avais une confiance aveugle en mon odorat, qui m'indiquait un je-ne-sais-quoi de mortuaire dans l'air ambiant. Je me suis bouché le nez pour bloquer cette odeur de choucroute et, du coup, coïncidence ou pas, il a commencé à pleuvoir.

Je m'efforçais tant bien que mal de ne pas penser à la dépouille. J'attribuais des noms insolites à chacun de mes grains de beauté, j'imitais Cléo en ouvrant et fermant la bouche alternativement, je cherchais à comprendre ce qui, aux yeux de mes proches, rend mon nombril si distinctif, mais peine perdue : trois questions picoraient mon esprit sans relâche. 1) Que fait cet inconnu dans ma salle de bain ? 2) Quelle est la cause de son décès ? Est-ce un suicide, un meurtre ou encore un bête accident (comme lorsqu'une prostituée a été victime de l'attaque d'un grizzli qui s'était échappé du zoo à cause d'un ex-gardien qui, congédié pour négligence après avoir autorisé les visiteurs à caresser les lions les moins féroces, s'était vengé en ouvrant la cage des ours) ? 3) Devrais-je mener l'enquête en solo ou appeler la police ?

Je ne connaissais pas la réponse aux deux premières questions. En revanche, je connaissais très bien la réponse à la troisième. J'avais vaguement entendu parler des policiers et je doutais qu'enquêter sur ce meurtre constituerait pour eux une priorité. La mort d'un inconnu dans la salle de bain d'un autre inconnu, ça n'intéresse personne. Et si, par un heureux hasard, un agent de l'ordre daignait se pencher sur le cas, rien ne me certifiait que ses méthodes et sa façon de se vêtir seraient appropriées à la situation.

Par conséquent, je devais me charger seul de l'enquête.

Chapitre 2

C omme tous les enquêteurs qui débutent dans le métier, j'ai amorcé mon travail d'investigation en regardant quelques épisodes de la télésérie *Columbo* tout en ingurgitant un grand sac de maïs soufflé extra beurre.

Miam. Que c'est bon, du maïs soufflé! L'odeur est si intéressante; et que dire de la texture… Le bruit du maïs qui éclate n'est pas à négliger non plus. Et c'est sans compter le plaisir des pupilles à la vue de ces petites boules jaunes et difformes. En fait, je ne crois pas étonner qui que ce soit en qualifiant d'«expérience sensorielle complète» la dégustation de maïs soufflé.

Suite au visionnement d'une dizaine d'épisodes, j'étais au courant des quatre principes fondamentaux (ou les «quatre *l*») que tout enquêteur un tant soit peu sérieux se doit de connaître: 1) le coupable est, dans 99 % des cas, la première personne que l'enquêteur rencontre; 2) le coupable n'est jamais l'enquêteur (ce qui m'excluait d'entrée de jeu de la liste des suspects); 3) le coupable connaît toujours sa victime; 4) le coupable laisse toujours des indices, mais il faut être très astucieux pour les découvrir.

Contrairement à la croyance populaire, être astucieux est très difficile. La raison est simple: il n'existe pas de cours «Astuce 101», même pas pour les policiers! Pourtant, leur cursus est composé d'une variété étonnante de séminaires: lancer du javelot, littérature policière, saut à la corde, ski acrobatique et conversation russe (c'est du moins ce que m'a confié un policier russe). Mais des cours d'astuce? *Niet!* À ce propos, si vous connaissez quelqu'un qui se vante d'être astucieux, soyez plus astucieux que lui et comprenez qu'il n'y a pas moins astucieux que celui qui s'en vante, de même qu'il n'y a pas plus vantard que celui qui se dit astucieux. Mais ne vous en vantez pas pour autant.

Pour mieux cerner les lacunes dans la formation des policiers, laissez-moi vous raconter mon arrestation de ce matin-là. J'étais sorti pour tenter de recueillir les premiers indices pour résoudre mon enquête. Je foulais le trottoir en prenant soin de garder les yeux ouverts pour éviter de foncer sur passants, poteaux, portes, pervers et autres obstacles qui commencent par la lettre *p*. J'avais, évidemment, débouché mes oreilles pour être en mesure d'entendre tout appel de détresse ; je m'étais aussi bien évasé les narines à l'aide de mes auriculaires pour inspirer et expirer régulièrement, et éviter ainsi de mourir inutilement.

J'étais loin de me douter de ce qui m'attendait. Un policier dans sa plus banale expression — pantalon bleu, chemise bleue, casquette bleue, chaussettes bleues, yeux bleus, cordon bleu et surplombé d'un ciel bleu — m'a intercepté brutalement et conduit au poste de police. S'il avait fait preuve de quelque discernement, il ne se serait pas mépris sur mon compte, et jamais je n'aurais abouti à l'hôpital psychiatrique… Quel pauvre type ! Son attitude m'a conforté dans ma décision de mener l'enquête en solitaire. Mais, pour plaider en sa faveur, je crois qu'en terminologie policière, il était qualifié d'agent «à-ses-premiers-pas». Il m'a énoncé les règles du jeu : il m'interrogerait et moi, je répondrais. Jusqu'ici, c'était loyal.

— Quel est votre nom ?
— François.
— François qui ?
— François qui quoi ?
— Quel est votre nom de famille, monsieur ?
— Clémentin.
— Ça s'écrit comme «clémentine» ?
— Non, monsieur le policier, ça s'écrit comme «Clémentin».

— Mais «Clémentin», ça s'écrit bien comme «clémentine» sans le *e*?

— Ça dépend, comment écrivez-vous «clémentine»?

— C-L-É-M-E-N-T-I-N-E. Avec un accent aigu sur le premier *e*.

— Non, ça ne s'écrit pas tout à fait comme ça.

— Bon, veuillez épeler votre nom de famille, s'il vous plaît.

— Et s'il ne me plaît pas?

— VOUS ALLEZ LE RÉPÉTER QUAND MÊME. Monsieur Clémentin, je n'ai pas tout mon temps.

— Ah non? Qui possède le reste de votre temps?

— Monsieur Clémentin, vous commencez vraiment à m'agacer.

— Monsieur le policier, je faisais une blague. Pour détendre l'atmosphère.

— Une autre comme ça et vous allez le regretter. Bon, très bien, recommençons. Veuillez épeler votre nom de famille.

— C-L-É-M-E-N-T-I-N. Avec un accent aigu sur le premier *e*.

— C'est ce que je viens de dire, a-t-il rétorqué sur un ton qui trahissait une fine pointe d'exaspération.

— En tout cas, ce n'est pas ce que j'ai entendu.

— Bon, ça suffit, monsieur Clémentin. Quel est le...

— Appelez-moi François. Je suis habitué à me faire appeler ainsi, et puis de toute façon on ne s'entend pas sur l'épellation de mon nom de famille.

— Très bien, comme il vous plaira, monsieur FRANÇOIS. Quel est le nom de vos parents?

— Soyez plus précis, je vous prie.

— Quel est le nom de ceux qui vous ont mis au monde? Suis-je assez précis?

— Oui, ça peut aller. Ma mère s'appelle Françoise Jeté et mon père, François Martin.

— D'où vient le nom Clémentin?

— Je l'ai inventé.

— Pourquoi?

— Pourquoi quoi?

— Pourquoi avoir modifié votre nom de famille?

— Pourquoi pas?

— Parce que ce n'est pas légal.

— Ah bon. Première nouvelle.

— Où demeurent vos parents?

— Vous voulez dire où demeuraient-ils *avant*?

— Non, où demeurent-ils *maintenant*?

— Ça dépend. Croyez-vous à la vie après la mort?

— Oh! Vos parents sont décédés!

Non, mes parents ne sont pas des CD, ai-je rigolé.

Il ne m'a pas rendu mon sourire. Un rabat-joie dans sa plus pure expression.

— Vous faites encore une blague, monsieur Clémentin?

— François. Oui, un peu, je l'avoue.

— François, il me semble avoir été clair tout à l'heure. Vous faites une blague de plus et je vous expédie en prison.

Un léger filet de fumée sortait de son nez.

— Je regrette, monsieur le policier. Encore une fois, c'était pour détendre l'atmosphère.

— ARRÊTEZ DE VOULOIR DÉTENDRE L'ATMOSPHÈRE AVEC DES BLAGUES RIDICULES! S'il vous plaît, monsieur Clémentin, répondez à mes questions le plus sérieusement possible. Vos parents sont bien morts? De quoi sont-ils morts?

— Oui, ils le sont. De vieillesse.

— Quel âge avaient-ils?

— Ma mère avait quarante-quatre ans plus deux et mon père, quarante-neuf ans moins trois.

— Ce n'est pas ce qu'on peut appeler un âge avancé. Ils ne sont sûrement pas morts de vieillesse.

— Ah bon. C'est pourtant ce que ma mère adoptive m'a dit.

— Vous avez été adopté?

— Oui, par des parents adoptifs, ai-je précisé, pensant lui faire plaisir.

— Et où habitent-ils?

— Ça dépend. Croyez-vous à la vie après la mort?

— Ils sont décédés eux aussi ?

— Oui.

— Vous avez d'autre parenté ? Un frère ? Une sœur ? Peut-être un oncle ou une tante ?

— Oui, mais ils sont décédés accidentellement alors qu'ils ne faisaient pas attention. Vous croyez à la vie après la mort ?

— Oui, monsieur Clémentin. Je crois à la vie après la mort.

— Alors voilà une bonne nouvelle ! Moi aussi, j'y crois !

— Et vous, où habitez-vous ?

— Parfois par-ci, parfois par-là, parfois entre les deux, mais jamais la tête en bas.

— Vous me faites encore une blague ? Monsieur Clémentin – François, si vous préférez –, c'est sérieux. Vous savez où vous êtes, n'est-ce pas ? Dans un poste de police. Vous comprenez ? Un poste de police ! Sachez que les cabines que vous voyez derrière moi sont en fait de toutes petites cellules dans lesquelles nous enfermons les gens qui ont commis un délit ou qui se moquent de la Loi. Je vous préviens : si vous ne répondez pas sérieusement à mes questions, je vais vous conduire dans l'une d'elles.

Je sentais que c'était vraiment sérieux. Quand c'est seulement un peu sérieux, j'arrive toujours à placer une petite blague pour faire sourire les gens. Alors que, là, plus je blaguais, moins il riait. Si je voulais aller en prison, j'étais sur la bonne voie. Mais j'avais tellement le goût de faire des blagues… Et puis, je me disais que la prochaine serait la bonne.

— Monsieur Clémentin, a-t-il enchaîné, êtes-vous suivi par un médecin ?

Je ne comprenais pas le sens de sa question. Je ne savais pas comment composer ma blague.

— Que voulez-vous dire ?

— Est-ce que vous voyez un médecin à l'occasion ?

Je ne percevais pas du tout la pertinence de la question.

— Je ne perçois pas du tout la pertinence de la question.

— Je voudrais savoir si un médecin vous suit.

— Vous voulez dire si je suis parano ? Non, personne ne me suit. Me suivez-vous ?

Ça y est, j'avais réussi ma blague. Pas trop subtile, plutôt intelligente, un brin raffinée, assez bien placée merci, avec une dose de sérieux, et balancée sur un ton on ne peut plus approprié. Mais le policier n'a pas ri. Et il ne m'a pas envoyé en prison non plus. Il m'a regardé avec un grand sourire niais et m'a dit :

— On va s'occuper de vous, monsieur Clémentin.

Chapitre 3

Pour une raison que j'ignore, ce policier débutant m'a conduit à l'hôpital psychiatrique. J'étais rouge de colère, vert de rage, chauffé à blanc et d'humeur noire, alors que je suis généralement doux comme un agneau, fier comme un paon, gai comme un pinson et – mais ça, c'est une autre histoire – poilu comme un ours. Il était hors de question que je prenne des vacances, ni à l'asile, ni à Cape Canaveral, ni ailleurs. J'avais une enquête à mener. De plus, je devais impérativement faire ma toilette, ce que je n'avais pas osé faire dans ma propre salle de bain depuis la découverte du cadavre. Me sentir, me goûter, me toucher, m'entendre et me regarder me faisait horreur. Quand les cinq sens nous sont réfractaires, il est généralement temps d'apporter des correctifs.

Malgré tout, je gardais le sourire. Pourquoi pleurer ? La planète est gorgée d'eau. Il y a les lacs, les rivières, les mers et les océans. Il y a aussi les étangs, les mares, les petites flaques, la pluie, les douches, les bols d'eau qu'on donne aux chiens, les melons d'eau, l'eau du corps humain et l'eau-de-vie. Et c'est sans compter les gouttes d'eau qui font déborder les vases.

À mon arrivée à l'hôpital, une dame complètement vêtue m'a escorté à une chambre et m'a prié d'y patienter en attendant de rencontrer le psychiatre. Malgré mon sourire, j'étais bien évidemment en furie. J'aurais voulu tout saccager, crier des bêtises, gueuler un tas d'obscénités, mais j'ai plutôt profité de ce court moment de quiétude pour méditer. Une panoplie de questions me taraudaient, comme « Quelle est la différence entre un crocodile et un alligator ? », « Après Pluton, à qui le tour de se faire retirer son titre de planète ? » et « Que fait ce cadavre dans ma salle de bain ? »

N'obtenant pas de réponses, j'ai pris le parti d'explorer ma chambre : quatre murs assez standards, une porte qui pouvait s'ouvrir et se fermer, une commode blanche, un lit horizontal, deux oreillers à propos desquels je n'ai rien à ajouter, un plafond et un plancher qui, à première vue, me semblaient conformes aux normes. Je me faisais la réflexion que l'ameublement me semblait complet lorsque j'ai entendu un bruit à la porte :

– Psst, psst.

Un homme en fauteuil roulant vêtu d'un chandail blanc orné d'auréoles jaunes sous les aisselles et d'un pantalon dans des teintes similaires m'interpellait.

– Psst, psst, psst, ai-je répliqué, croyant qu'il désirait jouer à « Imite-moi un serpent ».

– Comment vous appelez-vous ?

– Je m'appelle François Clémentin. Ça s'écrit...

– Je sais comment ça s'écrit, m'a-t-il interrompu brusquement. J'ai dû l'écrire une bonne douzaine de fois lorsque je fréquentais la petite école, et on m'a toujours félicité pour mon orthographe. Je m'appelle Ludovic. Ça s'écrit comme ça se prononce, à moins que vous n'ayez une déficience de la prononciation. Je dois vous mettre en garde, mais chut, il ne faut pas qu'on m'entende.

– Me mettre en garde contre quoi ?

– Contre le psychiatre et ses guets-apens.

– Qu'est-ce qu'un guet-apens ?

En fait, je savais parfaitement en quoi consistait un guet-apens, mais je voulais m'assurer que je n'avais pas affaire à un de ces fous qui en ignorent la définition.

– Un guet-apens, c'est un piège que l'on vous tend dans le but de vous entraîner à votre insu dans une mauvaise direction. Par exemple, vous visez le nord et on vous indique le sud.

– Moi, je me balade toujours avec ma boussole, alors on ne m'y prend pas.

C'était un mensonge. En vérité, je ne me balade jamais avec une boussole, mais je ne voulais pas qu'il me prenne pour un imprudent.

– Vous faites preuve d'une réelle intelligence, Clémentin, mais j'ai bien peur qu'une boussole ne vous soit d'aucune utilité ici. Ce n'est pas ce genre de guet-apens qui vous menace. Me comprenez-vous ?

Un bruit de pas s'est fait entendre. Ludovic est devenu nerveux. Il a murmuré :

– Je n'ai pas le temps de m'entretenir avec vous très longtemps. Mais retenez ce conseil d'ami : lorsque vous rencontrerez le psychiatre, il vous posera un tas de questions. Répondez toujours : « Oui, monsieur », et vous sortirez d'ici. Sinon, vous risquez de finir vos jours dans cet hôpital, bourré de médicaments.

Je ne savais plus quoi penser. Devais-je faire confiance à ce Ludovic, qui m'était totalement étranger ? J'ai pesé le pour et le contre. Pour ? Il disait épeler mon nom sans faute, il connaissait la définition de « guet-apens » et il semblait savoir de quoi il parlait, puisqu'il donnait vraiment l'impression d'être sur le point de finir ses jours bourré de médicaments. Contre ? Il n'était pas très propre de sa personne. Le pour l'emportait haut la main. Je devais croire Ludovic.

Quelques heures plus tard, la dame complètement vêtue me prenait par la main pour m'emmener au bureau du psychiatre. Résister aurait été vain : elle avait une de ces poignes ! En l'observant de plus près, j'ai remarqué des poils noirs et drus sur le revers de ses doigts. J'ai souri. La dame était en vérité un homme, cela sautait aux yeux. Voilà pourquoi elle portait des vêtements : elle espérait ainsi cacher un gros secret, si vous voyez ce que je veux dire…

Quand nous sommes arrivés au bureau, j'ai ressenti un certain malaise à l'idée de répondre toujours : « Oui, monsieur », puisque le psychiatre s'avérait être *une* psychiatre. Pour contrer ma nervosité, dès que la dame complètement vêtue nous a laissés en tête à tête, j'ai pris les devants de la conversation.

– Bonjour! Comme ça, vous êtes psychiatre? Qu'est-ce qui vous a attirée dans cette profession? Comment étaient vos parents? Décrivez-moi votre première expérience sexuelle. Je veux tout savoir. Tout, tout, tout. Racontez-moi absolument tout dans les moindres détails, de votre naissance à aujourd'hui.

– Effectivement, je suis psychiatre. Je remplace présentement M. Jolicœur, qui a dû nous quitter momentanément pour suivre une formation sur le tantrisme appliqué à la psychiatrie. J'aime les gens, voilà la raison principale qui a motivé mon choix de carrière. Je suis pucelle, donc je ne peux répondre à votre quatrième question. Ici s'arrêtent les confidences, car je ne suis pas le sujet de cet entretien. Vous vous appelez François Clémentin, n'est-ce pas?

– Oui, monsieur. Mais vous esquivez ma question. Vous disiez que vous aimez les gens… Élaborez je vous prie.

– Premièrement, pourquoi m'appelez-vous « monsieur »? Vous pouvez m'appeler Irène. Deuxièmement, ne comptez pas sur moi pour élaborer sur quoi que ce soit, puisque c'est vous qui avez besoin d'une consultation. Éprouvez-vous certaines difficultés dans votre vie actuelle, monsieur Clémentin?

– Oui, monsieur.

– Bon, très bien. Appelez-moi « monsieur » si ça vous chante. Ça ne serait pas la première fois… À présent, parlez-moi de vos problèmes, s'il vous plaît.

– Oui, monsieur.

– Alors…

– Oui, monsieur.

– Vous me faites perdre mon temps, monsieur Clémentin. Il m'est impossible de vous évaluer correctement si vous ne me dites pas tout.

– Oui, monsieur.

– Vous ne voulez pas coopérer ? Très bien. Vous resterez dans votre chambre, jusqu'à ce que vous vous décidiez à parler. En attendant, prenez ceci.

Elle m'a tendu une pilule rose. Je l'ai mise dans ma bouche, mais, aussitôt rentré dans ma chambre, je l'ai recrachée.

Les psychiatres ont la fâcheuse habitude de vous prescrire des pilules de plus en plus grosses et, de fil en aiguille, vous devez avaler des comprimés dodus comme des guimauves. Craignant que ce traitement me soit infligé, je n'ai fait ni une ni deux et me suis évadé de l'hôpital psychiatrique. On ne m'a jamais retrouvé. Évidemment, comme je suis un type intelligent, j'évite de me présenter en disant : « Bonjour, je m'appelle François Clémentin, fraîchement évadé de l'hôpital psychiatrique. » Je m'adresse plutôt aux inconnus ainsi : « Bonjour, je m'appelle François Clémentin et je n'ai jamais visité d'hôpital psychiatrique de ma vie. »

Les gens sont aussitôt rassurés.

Chapitre 4

D e retour à la maison, je me suis dirigé vers la salle de bain pour vérifier si le cadavre y était toujours. «Ce ne devait être qu'un rêve», pensais-je, mais non, car le corps était encore là, toujours aussi pendu.

J'observais le défunt en me demandant s'il était approprié de faire usage de la toilette. Que spécifie l'étiquette sur le fait d'uriner en présence de cadavres?

***

Ma salle de bain a déjà été en quelque sorte publique, puisque je la partageais avec Fabio H., mon ancien colocataire. Un type poilu mais vraiment sympathique. C'est Madeleine, une ex-partenaire de golf, qui nous avait présentés l'un à l'autre. Jadis, nous jouions au *strip-golf* tous les samedis. À chaque trou, il fallait retirer le nombre de vêtements équivalent au nombre de coups joués, jusqu'à ce que l'un de nous soit complètement nu. Mais j'avais mis fin à ce petit jeu, car Madeleine avait pris la mauvaise habitude de jouer avec ses bas seulement, ce qui rendait les parties ridiculement courtes et, avouons-le, tout à fait inesthétiques.

Un jour de novembre où je sentais la solitude me peser, j'avais demandé conseil à Madeleine. Je me sentais si seul que même un bon fruit mûr, le saut d'une sauterelle ou le bruit du réfrigérateur n'arrivaient pas à me faire sourire. J'avais aussi confié à mon amie mes idées suicidaires, mes envies de balancer ma collection de pots de mayonnaise par la fenêtre, mon appétit débridé pour les aliments crus, mon habitude de me taper les fesses, même si je n'avais rien à me reprocher. Dans son immense sagesse, Madeleine m'avait répondu : « Connais-tu la célèbre comptine qui dit que quand on est deux, ça va deux fois mieux ? Pourquoi ne pas t'inspirer de cette comptine et partager ta maison avec quelqu'un ? »

L'idée n'était pas mauvaise en soi, mais, avant de me noyer dans une colocation fusionnelle (je me connais), j'ai cru bon de vérifier si cette comptine disait vrai. J'ai donc posé à des gens rencontrés au hasard cette question toute simple : « Quand on est deux, est-ce que ça va mieux ? » Voici les réponses que j'ai reçues.

Le politicien : « C'est vrai la plupart du temps, mais parfois mieux vaut être seul, lorsqu'il faut prendre une décision d'importance capitale, par exemple. Si on en parle aux gens, il se pourrait qu'ils ne soient pas d'accord avec nous. Et quand les autres ne sont pas d'accord avec nous, peut-on sincèrement dire que ça va mieux ? »

Le médecin : « Oui, c'est juste. En général ça va mieux quand on est deux, mais pas toujours. Par exemple, dans le cas d'un toucher de la prostate, une personne vaut mieux que deux, généralement. »

L'avocat : « Pour que la leçon de la comptine soit valable, il faudrait que deux avocats s'entendent, ce qui n'arrive que dans les contes de fées. Dans le domaine du droit, je dirais plutôt que, quand on est deux, ça va deux fois plus mal. »

Le philosophe : « Vous me demandez si c'est vrai que, quand on est deux, ça va deux fois mieux ? Hmm… Tout d'abord, que voulez-vous dire par "vrai" ? Et qu'entendez-vous par "deux" ? »

Ce philosophe m'a découragé. Un sondage sert à trouver des réponses, et non à susciter de nouvelles questions. Je n'interrogerai plus jamais les philosophes. Ils sont incompréhensibles. Ils conçoivent un monde dans leur tête et essaient de l'accorder avec un autre monde qui se trouve dans une autre

J e reprisais mes chemises tout en ruminant les leçons apprises des grands détectives. J'arrivais sans problème à faire les deux. (C'est ma mère adoptive qui m'avait enseigné dès mon adolescence que l'être humain, à la différence de l'ornitho-rynque, pouvait accomplir plus d'une tâche à la fois : manger et regarder la télévision, écouter des chansons à la radio tout en fredonnant les paroles, marcher en réfléchissant, conduire une voiture en étant attaché, ainsi de suite. Elle n'était pas parfaite ni de corps ni d'esprit, mais c'était une brillante pédagogue, et je dois reconnaître que ses enseignements m'ont épargné beau-coup de temps.)

En partant du principe *columbesque* selon lequel le coupable connaît toujours sa victime, je posais l'hypothèse que découvrir l'identité de l'homme pendu dans ma salle de bain m'aiderait à dénouer l'enquête ou, du moins, m'orienterait vers une piste intéressante. Mais plus encore que son identité, les manières sur-prenantes de cet individu taquinaient ma curiosité. Avouez qu'il y a quelque chose de bizarre dans le fait de trouver un inconnu mort dans sa salle de bain. Premièrement, quand j'urine, que je défèque ou, plus rarement, que je vomis chez les autres, ou même quand je ne fais que fouiller dans leurs armoires, je verrouille toujours la porte. Or, la porte de ma salle de bain n'avait pas été verrouillée : elle était même déverrouillée. Deuxièmement, ma mère m'a appris à ne jamais mourir dans la maison d'un inconnu : cela rend l'ambiance morose. J'en ai fait un principe de vie, mais il semble que ce ne soit pas là un principe universel.

Même si mon intention d'éclaircir ce mystère était louable, j'hésitais à pénétrer la « bulle » du cadavre, cette frontière abstraite autour de soi que nul n'est censé franchir. Percer la bulle de quelqu'un, c'est énoncer du même coup : « Je suis très impoli et mal élevé. » Mis à part l'effronterie de la chose, toucher un cadavre engendre aussi le risque de laisser ses propres empreintes sur la scène de crime. Comment découvrir l'identité d'un homme qu'on ne peut point toucher ?

Avez-vous remarqué que c'est souvent dans les moments où on s'y attend le moins que les idées prodigieuses surgissent ? J'étais sur le point de m'installer confortablement en position fœtale et de savourer un bon scotch quand j'ai été littéralement électrocuté par un éclair de génie : si j'enfilais des gants ? Et comme si une seule idée géniale ne suffisait pas, comme si mon cerveau était impuissant à les stopper, comme si mon intelligence s'alimentait de sa propre énergie pour former un cercle vertueux d'idées extraordinaires, les équations suivantes se sont mises à défiler dans ma tête à la vitesse de la lumière :

METTRE DES GANTS = PAS D'EMPREINTES = PAS DE SOUCIS = PAS DE PROBLÈMES = PAS D'EMBÊTEMENTS = PAS D'EMMERDES = PAS D'OMBRE AU TABLEAU = PAS DE PIERRE D'ACHOPPEMENT = PAS D'ÉPINE DANS LE PIED = PAS DE DOULEUR = PAS DE VISITE À L'HÔPITAL = DAVANTAGE DE TEMPS POUR SOI = LOISIRS À PROFUSION = RIRE = BONHEUR.

Me rendre compte que mettre des gants menait directement au bonheur me motivait énormément. Vous comprenez pourquoi il ne m'a fallu dès lors qu'une toute petite minute pour dénicher des gants, départir le gauche du droit et les enfiler aux mains respectives, alors que le tout me prend généralement un minimum de deux minutes trente-cinq secondes.

Mais, ce problème résolu, un deuxième subsistait : où doit-on toucher un cadavre pour amasser le plus d'informations possible sur son identité ? Hmm… question délicate. J'hésitais entre les pieds, la tête, les bras, les genoux, les yeux, le menton, le double menton…

Il m'est alors venu à l'esprit qu'il existait tellement de parties du corps que c'en était ridicule. Trop, c'est comme pas assez.

Heureusement, la réponse a fini par s'imposer : il faut tâter le popotin, évidemment ! C'est toujours dans la poche arrière de leur pantalon que les hommes rangent leur portefeuille, dans les portefeuilles que se cachent les cartes d'identité et dans les cartes d'identité que l'identité est contenue (d'où leur nom). (De la même manière, c'est dans les arbres que se trouvent les pommes, dans les pommes que se cachent les pépins de pomme et dans les pépins de pomme que se terre l'espoir d'une vie meilleure pour une prochaine pomme.)

Après avoir autant sollicité mon intellect, je ressentais une certaine lassitude mentale. J'étais donc ravi que la prochaine étape me permette de faire fonctionner mes muscles à leur tour. J'ai tâté très pudiquement les fesses de l'inconnu pour trouver son portefeuille. La fesse droite semblait plus grosse que la gauche, plus ferme aussi. J'ai donc misé sur cette dernière. BINGO ! Ma déduction était la bonne ! Le portefeuille se trouvait effectivement dans la poche arrière droite du cadavre.

Ouvrir le portefeuille de quelqu'un d'autre, c'est comme ouvrir une fenêtre sur son intimité. Évidemment, on ne procède pas à une telle invasion de la vie privée sans tout d'abord se livrer à un rituel particulier. J'ai allumé des bougies et j'ai attendu une panne d'électricité pour créer l'atmosphère appropriée. Comme la panne se faisait attendre et que je ne suis pas très patient, j'ai plutôt décidé de prononcer la formule sacrée suivante : « Aloum aloumi alouminum mini. » Du coup, la porte du congélateur s'est ouverte. Je pouvais procéder.

Le portefeuille contenait quelques pièces à conviction intéressantes, cinq en fait : 1) trois cartes d'identité ; 2) cinquante dollars ; 3) un reçu d'épicerie daté de la veille ; 4) une petite enveloppe rose ; 5) un bout de papier sur lequel était inscrit le numéro de téléphone suivant : 450 325-7897.

Toutes les cartes d'identité convergeaient vers la même information : l'Inconnu de la salle de bain, comme je me plais à le surnommer, s'appelait Damien Damien. Vous avez bien lu, Damien Damien, comme dans : « Damien Damien, viens faire ta valise, nous partons incessamment pour la Suisse » ou « Damien Damien, arrête de sautiller partout, tu me donnes le tournis. »

Il y avait là matière à suicide. S'appeler Damien est une chose ; s'appeler Damien Damien en est une autre. On appelle ça « exagérer ». Redoubler de déplaisir. Pécher par effet de superflu. Ne pas savoir s'arrêter à temps. Cependant, je ne devais pas sauter trop vite aux conclusions, car je sais qu'un enquêteur compétent ne se fie pas à la première impression. D'ailleurs, un vieux dicton allègue qu'*arrêter sa route ne sera jamais bon à qui veut se rendre à destination*. Je devais continuer mon enquête et ne pas souscrire trop vite à la thèse du suicide.

J'ai donc porté mon attention sur le deuxième indice : cinquante dollars en trois billets de vingt. J'avais beau examiner l'argent attentivement, je ne concevais pas comment de simples billets de banque pouvaient m'instruire sur quoi que ce soit. De l'argent, c'est très utile quand un besoin irrépressible de drogue se fait sentir ou que l'acquisition d'un luminaire est impérative, mais sinon, bof, ça ne sert pas à grand-chose. Mais j'ai tout de même conservé les cinquante dollars dans mon portefeuille : on ne sait jamais.

À propos, rappelez-vous que ce qui vous semble inutile aujourd'hui peut servir à recoudre un bouton demain. Ou vous aider à trouver votre route. Ou soigner une blessure intérieure.

Ou faire fonctionner un téléphone qu'on croyait foutu à jamais.

Chapitre 6

J usqu'ici je demeurais confiant puisqu'il me restait encore trois pièces à conviction à analyser : un reçu d'épicerie, une enveloppe rose et un numéro de téléphone. J'avais toutes les raisons de croire que mon enquête allait bon train et que je découvrirais le fond de l'histoire sous peu. Mes yeux pétillaient, ma bouche se courbait en un sourire comblé, mes mains se heurtaient mutuellement dans un tintamarre d'applaudissements enthousiastes… Il n'y avait que mes oreilles qui ne faisaient rien de particulier : quiconque les aurait observées n'aurait pu détecter le sentiment d'assurance qui pourtant mobilisait tout mon être. À part Cléo, peut-être, qui me connaît si bien.

Ma prochaine destination était en toute logique le supermarché, là où Damien Damien avait vraisemblablement fait ses courses le jour précédant sa mort. J'étais convaincu que la caissière se souviendrait de lui et pourrait m'en apprendre davantage à son sujet : ses rêves, ses phobies, ses soucis, ses tics, ses qualités, ses défauts, ses manières à la table, sa devise, sa phrase fétiche… Même qu'avec un peu de chance je découvrirais qu'elle était la meurtrière. Cette perspective m'enchantait ; l'enquête connaîtrait son dénouement, je serais débarrassé du cadavre et je pourrais enfin me soûler au scotch à ma guise (sans compter que je renouerais avec le doux bruissement de mon pipi au contact de l'eau de la cuvette).

J'ai donc pris le chemin du supermarché sans tarder. Dans ma poche, une photographie de feu Damien Damien que j'avais prise le matin même. Une carte d'identité aurait suffi à rafraîchir la mémoire de la caissière, mais la réaction d'un suspect devant l'image d'un cadavre peut en dire long sur sa culpabilité.

Premier constat : la caissière était en fait un caissier. Ce qui me mena à formuler une première leçon : ne jamais émettre de suppositions prématurées. Deuxième constat : le supermarché n'était pas si super. Négligemment décoré, il était désert (ce qui expliquait probablement la présence d'un caissier unique). La situation était donc propice pour procéder à un interrogatoire.

– Excusez-moi, monsieur, mais travailliez-vous à la caisse à dix heures trente hier matin ?

– Oui, car je suis le seul caissier. Il y a un tel manque de caissiers de nos jours : il n'y a plus que la poissonnerie qui intéresse les jeunes. Pourquoi cette question ?

– Pour tout vous dire, il y a ce type pendu dans ma salle de bain et j'essaie avec plus ou moins de succès d'éclaircir les circonstances de sa mort. D'après un reçu que j'ai trouvé dans son portefeuille, il est passé ici la veille de sa mort pour acheter... attendez que je regarde... des aubergines, des tomates, des courgettes, des oignons et de l'ail. Auriez-vous quelque chose à m'apprendre à son sujet ?

– Eh bien, cher enquêteur, je ne peux en être certain, mais tout porte à croire qu'il s'apprêtait à cuisiner une ratatouille !

– Hmm... excellente déduction ! Et sauriez-vous le reconnaître ? Voici sa photo.

Je lui ai tendu la photo du cadavre sans difficulté (elle était légère). Je ne sais pas si l'éclairage du magasin y était pour quelque chose, mais le visage de Damien Damien tirait à présent davantage sur le « bleu putréfaction » (n° 130) que sur le « bleu strangulation ».

Le caissier a pris un air horrifié qui m'a bien fait marrer. J'ai pensé que de présenter des photos de cadavres aux gens était une bonne blague à répéter un jour.

– Désolé, je ne le reconnais pas. Je vous assure que je n'ai vu aucun client de couleur bleue dans les derniers jours.

– Peut-être n'était-il pas encore bleu. S'il vous plaît, essayez de vous imaginer un homme avec cette tronche, mais de couleur peau.

– Hmm… Montrez-le-moi à nouveau…

Je dois avouer qu'il faisait l'effort de regarder la photo attentivement. Mais peut-être faisait-il seulement *semblant* de la regarder et qu'il réfléchissait plutôt à ce qu'il achèterait s'il était millionnaire ou aux façons de convaincre sa copine d'essayer une nouvelle position coïtale. Je n'en savais absolument rien.

– Non, je ne vois vraiment pas. Désolé, a-t-il conclu.

– Zut! Merci quand même. Si un détail vous revenait en mémoire, auriez-vous l'amabilité de me contacter? Voici mes coordonnées.

Je n'avais pas encore de carte professionnelle, ce qui manquait lamentablement de sérieux. J'ai donc fait semblant de lui en donner une.

– Euh… merci… euh… bien sûr, monsieur, je vous contacterai… sans problème.

Je décodais sur son visage une drôle d'expression. Le genre d'expression qui signifie: «Qu'est-ce que j'ai faim!» ou «Est-ce vendredi aujourd'hui?» Moi, si j'avais été à sa place, mon visage aurait exprimé quelque chose comme: «Tiens, c'est curieux, cette histoire de cadavre.» Mais je suis conscient que nous sommes tous différents, et que ça cause tout un bordel sur la planète.

À son tour, le caissier m'a questionné:

– Quel est votre nom, monsieur l'enquêteur?

– Imbécile, idiot, simple d'esprit! C'est écrit sur ma carte imaginaire!

– Ah, oui… en effet… euh… je ne vois pas très bien… je n'ai pas mes lunettes…

– Vous pouvez m'appeler Détect'Yves.

J'étais très fier de cette trouvaille. Détect'Yves, c'est mystérieux et intelligent tout à la fois.

Avant de partir, j'ai profité de ma présence dans un supermarché pour faire des courses. Cette conversation m'avait

creusé l'appétit. Mais que mange un détective ? Il fallait être co-
hérent. Acheter n'importe quoi après m'être présenté sous ce
pseudonyme génial aurait été inapproprié. J'ai opté pour les ingrédients nécessaires à la concoction d'un risotto : repas simple
mais un brin raffiné, avec une légère touche d'exotisme (pour
qui n'est pas italien, bien sûr). Bon choix.

Le caissier poinçonnait chaque article avec une totale indifférence. Je soupçonnais que cette attitude pouvait masquer un
lourd secret, mais, dans les circonstances, je n'avais d'autre choix
que de lui faire confiance. Aucun moyen d'échapper à cette politesse contraignante que commandent les rapports entre client et
employé. Je me sentais pris dans un étau, et permettez-moi de
vous dire que l'expérience est désagréable. C'est comme porter
un soutien-gorge trop petit pour sa poitrine, ou utiliser un
condom fait sur mesure pour son auriculaire, ou encore dormir
dans la niche d'un shitzu, avec un shitzu obèse.

Je commençais un peu à désespérer. Mes démarches ne débou-
chaient sur aucune piste, hormis celle de la ratatouille. Mais que
pouvait-on déduire d'un simple menu ? Quel lien pouvais-je éta-
blir entre aimer la ratatouille et mourir pendu dans la salle de bain
d'un inconnu le lendemain ? Qu'en aurait pensé Columbo s'il avait
été à ma place ?

À trop se poser de questions, on oublie parfois d'y répondre.
J'ai donc cessé immédiatement de penser. Ouf ! Quel soulagement !

– Ça fera cinquante-neuf dollars et trente et un sous, m'a
informé le caissier.

– Ça tombe bien, j'ai justement soixante dollars dans ma poche !
Je les ai dénichés dans le portefeuille de feu Damien Damien. Notez bien, monsieur le caissier, qu'il faut toujours conserver les pièces à conviction. On ne sait jamais quand elles nous seront utiles.

– C'est noté.

Il ne me regardait pas. Et il ne notait rien du tout. Ça m'a agacé.

– Je regrette, monsieur le caissier, mais vous n'avez absolument rien noté.

– Si, si, j'ai noté, protestait-il.

– NON, VOUS N'AVEZ ENCORE RIEN NOTÉ! «Noter» veut dire «écrire une chose dont on veut se souvenir». Et là, vous n'écrivez rien du tout!

J'étais fâché. «Grrr» était la seule onomatopée qui me venait en tête. Et comme si je n'étais pas assez affligé comme ça, le caissier renchérissait:

– Je suis désolé de vous contredire, Détect'Yves, mais la définition du verbe «noter» est sans équivoque: «veut aussi dire prêter attention à quelque chose, apercevoir, constater», comme dans l'expression: *Il est à noter qu'il s'était installé en position fœtale.*

Son arrogance dépassait les bornes.

– Vous me cherchez! Eh bien, sachez que je prévoyais de vous inviter à partager mon risotto ce soir, mais puisque c'est comme ça, j'inviterai plutôt le poissonnier!

– Faites donc, je vous prie.

– Vous ne me le direz pas deux fois!

– Faites donc, je vous prie.

– Vous ne me le direz pas trois fois!

– Faites donc, je vous prie.

– Vous ne me le direz pas quatre fois!

– Faites donc, je vous prie.

Admettant que je ne pouvais pas gagner à ce jeu, j'ai adressé un doigt d'honneur au caissier. Pour éviter de scandaliser un éventuel client, j'ai levé mon pouce au lieu de mon majeur, mais je vous assure qu'il a tout de même compris le message.

Je déteste les histoires qui se terminent mal. Ce triste dénouement, je ne l'avais pas souhaité. J'aurais préféré vous offrir une fin de chapitre du genre: «Ils vécurent heureux et eurent beaucoup d'enfants.» Malheureusement, le caissier était beaucoup trop imbu de lui-même pour qu'une telle chose se produise. De plus, il n'était pas mon genre.

Mais je ne suis pas rancunier. C'est pourquoi je tourne la page immédiatement. Je vous invite à faire de même.

Chapitre 7

J'ai oublié très vite le caissier et son arrogance. Je l'ai remisé dans la case «Pfff» de ma mémoire.

Une fois rentré chez moi, j'ai ouvert l'enveloppe rose sans omettre, bien sûr, de prononcer au préalable la formule sacrée : «Aloum aloumi alouminum mini.» La porte du congélateur s'est instantanément ouverte, ce qui m'a refroidi légèrement la nuque. Sensation agréable ou désagréable? Je ne sais pas, tout est relatif. Plus agréable que lorsque j'ai fait l'amour avec deux partenaires (je ne savais plus où donner de la tête), mais moins agréable que lorsque j'ai pêché un poisson (il était si mignon).

Mon cœur battait à tout rompre. Une enveloppe est toujours porteuse de mystère.

Malheureusement, le geste de l'ouvrir a été, pour sa part, porteur de déception. L'enveloppe rose ne contenait qu'un tout petit bout de papier blanc, vierge de toute écriture.

Damien Damien devait être un type assez étrange. Qui de nos jours prend la peine d'insérer un simple papier dans une enveloppe rose et odorante et qui, en plus, la trimballe partout où il va comme s'il s'agissait d'une partie de son anatomie? Je n'avais encore jamais entendu parler d'une histoire semblable. S'il était bizarre, je dois admettre toutefois que Damien Damien portait une très jolie cravate. Le genre de cravate qu'on ne retourne pas au magasin pour obtenir remboursement.

J'ai tout de même conservé le bout de papier. Je l'ai remis dans la petite enveloppe rose, que j'ai ensuite rangée dans la poche de ma chemise. Notez bien, s'il vous plaît (et par écrit), qu'il ne faut jamais se débarrasser des pièces à conviction, même si elles sont parfois très encombrantes.

Ne restait plus que le numéro de téléphone : 450 325-7897. À qui pouvait-il bien être attribué ? À un homme ou à une femme ? Un petit ou un grand ? Yeux bleus, yeux bruns, yeux verts ? Amant de la nature ou du smog urbain ? Fana de hockey ou de ringuette ? Amateur de films d'action ? De suspense ? D'horreur ? Habile de ses mains ? Fier de sa personne ? Habile à cuire le riz, mais mauvais au lit ? Boute-en-train ? Pilote d'hélicoptère ?

Déduire des informations à partir d'un numéro de téléphone n'est pas une entreprise facile, croyez-moi. Il était donc dans l'ordre des choses que je soumette le document à mon ami graphologue afin d'en connaître davantage sur la personne qui l'avait rédigé. C'est ce que j'ai fait.

Mon ami graphologue s'appelle Greg, mais tout le monde le surnomme Gr, par souci d'économie de temps. Gr est très populaire depuis sa participation au quiz *Cachotteries et compagnie*. Le but du jeu était de départir le vrai du faux dans les dires des participants. Gr avait gagné haut la main grâce à ses compétences en graphologie, qui lui avaient permis de débusquer la vérité dans l'écriture des protagonistes. Je n'avais pas affaire à un idiot, mais bien à un vrai professionnel.

Tout juste comme j'évaluais avec scepticisme la possibilité de recevoir rapidement des nouvelles de Greg, le téléphone a sonné. Comment savais-je que c'était le son du téléphone et non celui de la porte d'entrée ? Tout est dans le ding.

J'ai pris le combiné dans ma main et je l'ai posé sur mon oreille, comme ma mère m'avait toujours habitué à le faire.

– Allô ? Qui est à l'appareil ? Veuillez vous identifier immédiatement.

– Salut, François ! C'est Greg !

– Salut, Gr ! As-tu analysé l'écriture du numéro de téléphone comme je te l'avais demandé ?

– Bien sûr. Tu veux les résultats ?

– Bien sûr. Tu me les donnes ?

– Bien sûr. Tu les veux tout de suite ?

– Bien sûr. Je t'écoute.

– Bien sûr. Le contraire m'offusquerait.

– Bien sûr. Je comprends.

– Bien sûr. Tu n'es pas idiot.

– Évidemment.

– Écoute, François, tout ce que je peux te dire, c'est que la personne qui a écrit le numéro de téléphone est assez sympathique, du genre à ne pas te jeter des insultes à la figure, si tu vois ce que je veux dire. C'est un garçon, plutôt petit pour son âge. Ses 5 sont très amples, ce qui démontre qu'il échafaude des projets importants, comme partir en croisière ou s'acheter un petit condo dans l'est de Montréal. Par contre, j'ai remarqué que ses 7 sont rabougris, signe d'un destin tragique. Le trait d'union est bien droit, donc pas d'allergies particulières. En revanche, les ronds de son 8 ne sont pas parfaits, ça me surprendrait qu'il s'alimente sainement. Voilà tout ce que j'ai pu en tirer. As-tu des questions ?

– Wow ! Tu es drôlement doué ! D'après ton expérience, qui a écrit ce numéro de téléphone ?

– Difficile à dire. Un A sur le bout de papier aurait pu me renseigner à ce sujet.

– Tant pis. Merci quand même pour ton analyse. On se voit bientôt ?

– Bien sûr. D'ici là, ne te surmène pas trop.

– Bien sûr. Je ferai attention.

– Bien sûr. Je le sais.

– Bien sûr. Je sais que tu le sais.

– Bien sûr. Tu sais que je le sais parce que je connais ton écriture.

– Évidemment. Au revoir, Gr.

– Au revoir, François.

L'analyse graphologique m'avait permis d'en connaître davantage sur la personne qui avait noté le numéro de téléphone sur le bout de papier, certes. Cependant, rien ne m'indiquait que c'était Damien Damien qui avait noté ce numéro, ni à qui appartenait-il.

Je me sentais perdu, je ne savais plus où donner de la tête. Regarder à droite? Regarder à gauche? Lever les yeux au ciel? Trop d'options s'offraient à moi.

Finalement, j'ai opté pour pencher ma tête sur le côté.

Chapitre 8

J e vous ai parlé succinctement de Fabio H., mon ancien colocataire. Je dois ici vous expliquer les raisons de son déména-
gement. Premièrement, l'anecdote est amusante. Deuxièmement,
on y découvre l'alibi de Fabio H., ce qui du coup l'écarte de la
liste des suspects dans l'affaire Damien Damien.

Un jour (ou le jour d'avant, peu importe), j'étais allé au zoo
avec Fabio H. Un préposé à l'admission m'attendait de pied
ferme de l'autre côté de la guérite (en fait, il n'avait pas le
pied particulièrement ferme, mais l'expression me plaît).

– Bonjour, monsieur, avais-je salué poliment.

– Bonjour... euh... Veuillez excuser mon indiscrétion, mais
qu'y a-t-il dans la cage que vous transportez?

« Curieux, ce type », m'étais-je dit. Un préposé du zoo qui
ne sait pas reconnaître un hamster, avouez que c'est peu
commun.

– C'est Fabio H.

– Pourquoi *H*? avait-il demandé candidement.

– *H* pour «hamster», voyons!

Je réprimais avec peine mon sourire. Peut-être était-il doué
pour déchirer des billets d'admission, mais en raisonnement
logique, il ne valait pas une cigale, pas même la plus bête qui
soit, pas même celle qui se fait sermonner par la fourmi dans
la célèbre fable.

– Ah bon. Écoutez, monsieur... c'est que... comment vous
dire... il est défendu d'apporter des animaux sur le site, m'a-t-il
informé le plus sérieusement du monde.

– Dites donc, le propriétaire du zoo est drôlement dans le pétrin !

– Oui… non… enfin… ce que je veux dire, c'est qu'il est défendu *aux visiteurs* d'apporter des animaux de compagnie.

– Ne vous en faites pas : Fabio H. ne s'échappera pas, car les barreaux de sa cage sont tout à fait en règle selon la Loi sur l'espacement des barreaux de cages à hamsters. Pas trop rapprochés, ainsi il ne s'étranglera pas s'il sort la tête, mais assez rapprochés tout de même pour décourager toute tentative d'évasion.

Malgré ma voix douce et apaisante, le commis ne semblait pas rassuré. Même qu'il me fixait bizarrement. J'avais pensé que, comme avec l'agent à-ses-premiers-pas, je me devais de détendre l'atmosphère.

– Promis, juré, monsieur le préposé, je n'ouvrirai en aucun cas la cage de Fabio H. À moins, bien sûr, que les animaux aient faim et que la distributrice à cacahuètes soit vide.

–…

Il était bouche bée. S'il ne m'avait pas adressé la parole une minute plus tôt, j'aurais cru qu'on l'avait empaillé.

– Je blague ! Je vous promets que je ne nourrirai pas vos animaux avec Fabio H.

Je riais de bon cœur. Mais lui, non. On aurait dit qu'il venait d'apprendre que son beau-père était en fait le frère de l'oncle du parrain de sa conjointe, ou quelque chose comme ça.

– Monsieur, s'il vous plaît, le règlement, c'est le règlement : pas d'animaux, même en cage.

– ALORS QU'EST-CE QUE JE SUIS CENSÉ FAIRE AVEC MON HAMSTER ? LE MANGER ? L'ÉCRABOUILLER JUSQU'À CE QU'ON LE CONFONDE AVEC UNE FOURMI QUI, ELLE, POURRAIT ENTRER COMME BON LUI SEMBLE ? LE LANCER DANS LES AIRS EN ESPÉRANT QU'IL N'ATTERRISSE PAS DU MAUVAIS CÔTÉ DE LA GRILLE ? LE CACHER DANS MES CULOTTES EN FAISANT SEMBLANT QUE J'AI UN TESTICULE PLUS GROS QUE L'AUTRE ? avais-je alors crié, sur un ton qui trahissait davantage de colère que d'amour.

– Monsieur, ne vous fâchez pas. Si vous voulez, confiez-moi votre cage, vous la récupérerez à la sortie.

– NON, NON ET NON. Fabio H. visitera le zoo. Je ne me sépare jamais de Fabio H. lorsque je sors à plus de cent kilomètres.

– Où habitez-vous?

– À plus de cent kilomètres d'ici, avais-je répondu, flairant le piège.

– Écoutez-moi bien, monsieur... Quel est votre nom au juste?

– Clémentin, avec un *c* majuscule, un *l*, deux *e* (dont un avec un accent aigu), un *m*, un *i*, un *t* et deux *n*. Mais attention, pas dans cet ordre, parce que ça ferait Cleémitnn.

– Monsieur Clémentin, de deux choses l'une: ou vous me confiez votre hamster le temps de votre visite au zoo, ou vous quittez le site.

– De combien de temps est-ce que je dispose pour y réfléchir?

– Disons une minute?

– Je n'ai pas de montre. Vous avez une montre?

– Non, mais je sais compter jusqu'à 60! m'avait-il annoncé fièrement.

– Wow! Bravo! Vous savez compter jusqu'à 60!

– 1, 2, 3, 4...

– 5, 6, 7, 8... avais-je continué, pour lui montrer que, moi aussi, je savais compter.

– 9, 10, 11, 12, 13, 14, 15, 16, 17, 18, 19, 20, 21, 22, 23, 24, 25, 26, 27, 28, 29, 30, 31, 32, 33, 34, 35, 36, 37, 38, 39, 40, 41, 42, 43, 44, 45, 46, 47, 48, 49, 50, 51, avait-il enchaîné.

– D'ACCORD, D'ACCORD, MONSIEUR LE PRÉPOSÉ, PAS LA PEINE DE VOUS RENDRE JUSQU'À SOIXANTE. JE CRAINS QU'AU-DELÀ DE CE CHIFFRE VOTRE CERVEAU N'EXPLOSE!

– Alors, vous me laissez, ce hamster?

– Il s'appelle Fabio H. Et il a besoin d'eau et de nourriture, vous entendez ? Et souvenez-vous qu'il est lacto-ovo-végétarien, alors ne lui passez pas les restes de ce que vous donnez aux lions, c'est clair ? Et ne le mettez pas dans la cage des lions. Ni dans la cage des éléphants. En fait, pour simplifier le tout, ne le mettez dans aucune autre cage que la sienne.

Je ne redoutais pas vraiment qu'il le mette dans la cage des lions, mais on ne sait jamais à qui on a affaire.

– Bien sûr, ne vous inquiétez pas. Nous avons l'habitude avec les animaux. Nous respectons leur routine.

– Ah oui ?

– Oui, oui, soyez sans crainte.

– J'ai peur qu'il s'ennuie de moi. Vous savez, je ne l'ai jamais laissé au préposé d'un zoo. C'est une expérience toute nouvelle, à la fois pour Fabio H. et pour moi.

– Ça vous rapprochera.

Là, j'avoue qu'il marquait un point. Je sentais que Fabio H. me tenait un peu pour acquis ces derniers temps. Il avait cessé de me surprendre. À ces pensées, un soudain sentiment de tristesse m'avait envahi. Je devais me ressaisir. J'avais donc pris une grande inspiration pour maîtriser mes émotions, donné la cage au préposé, payé mon admission et foncé droit devant moi, bien résolu à profiter de cette journée.

Mais le plus drôle dans toute cette histoire, c'est que j'étais sorti du zoo en oubliant Fabio H. Les soirs où je suis triste, je m'imagine le préposé du zoo accaparé par tous les animaux de compagnie que les propriétaires, encore obnubilés par les hippopotames, ont dû oublier de reprendre à la sortie. Ça me fait tellement rire que j'en ai mal au ventre. Je me dis que ce préposé doit regretter de ne pas m'avoir laissé entrer avec Fabio H. lorsque vient l'heure de lui donner son bain. Mais ce n'est plus mon problème, maintenant.

Si je tenais à vous raconter tout cela, c'est que l'histoire d'un homme qui oublie son hamster dans un zoo, c'est un peu notre histoire à tous.

Chapitre 9

J'avais cette impression désagréable que je passais à côté d'un élément important, d'un indice clé qui me permettrait de boucler l'enquête. J'ignorais ce dont il s'agissait, mais un sentiment diffus me tracassait et m'empêchait d'apprécier à leur juste valeur mon café et mes rôties. Quand je suis dans cet état d'esprit, il faut que je prenne du recul. Quelques pas en arrière sont généralement suffisants pour que le malaise se dissipe.

Je ramassais négligemment les miettes de mes rôties pour les mettre au compost lorsque j'ai enfin mis le doigt sur ce qui m'avait échappé : LES MIETTES DU CRIME, ÉVIDEMMENT ! Trouver l'identité de la victime n'était pas un mauvais début, mais un enquêteur compétent doit d'abord examiner en détail la scène de crime afin de déceler toutes les infimes traces susceptibles d'avoir été oubliées par le meurtrier. Je devais procéder à une inspection méticuleuse de ma salle de bain, un point c'est tout.

J'y suis donc retourné, muni, cette fois-ci, de ma loupe. Ce n'était pas une loupe de piètre qualité trouvée dans un magasin à aubaines, mais une super-méga-loupe ergonomique achetée sur Internet à un prix proportionnel à son pouvoir grossissant. L'annonce spécifiait : « Cette loupe paraît coûteuse, mais elle grossit beaucoup. Plus que vous ne pourriez l'imaginer. Plus que dans vos rêves les plus fous. Ne passez pas à côté d'une telle occasion. Donnez-vous le pouvoir de repérer les énormités dans la vie. »

J'ai passé au peigne fin tout le plancher de la salle de bain. Par un curieux hasard, deux jours avant la découverte du cadavre, je m'étais appliqué à nettoyer de fond en comble la salle de bain avec un soin précautionneux : balayage, époussetage, nettoyage des vitres et des planchers, ce qui rendait tout objet étranger d'autant plus visible. C'est comme si pour un court laps de temps je m'étais fait femme et que, grâce à mon intuition féminine, j'avais pressenti la situation complexe dans laquelle j'allais bientôt me trouver.

Armé de ma super-méga-loupe, je cherchais des indices depuis une heure au moins, au terme de quoi je n'avais trouvé qu'un cheveu roux, une petite graine noire et quelques mottes de terre. Rien de bien intéressant, hormis ceci : Damien Damien n'était pas roux.

Mais je n'avais pas perdu mon temps. En plus de dénicher ces indices, j'avais eu le temps de faire le point sur ma vie et de trouver un sens à mon existence. J'avais pensé longuement à chacun de ces individus qui forment la population mondiale, aux trous noirs et à leur fantastique capacité d'absorption, aux dinosaures disparus sans laisser de traces, à Shakti (ah... belle et sensuelle Shakti), au Big Bang que personne n'a jamais entendu, à l'œuf originel suivi de près par la poule et plus encore. J'avais songé aux desserts ratés, à ceux que j'ai brillamment réussis, aux accidents de la route qui font davantage que des blessés (des dommages irrémédiables aux autos aussi), j'avais réfléchi à José, le fils de Nicole, qui a vécu neuf mois dans l'anonymat complet avant sa naissance. J'avais eu une pensée pour Herbert, qui n'aime pas que son prénom contienne le mot « herbe ». J'avais prié pour Danielle, qui a toujours cette expression idiote sur le visage et qui préférerait sûrement qu'il en soit autrement. J'avais pensé à tout ce qui existe et à ce qui, faute d'inventeur, n'existe pas. J'avais fermé les yeux (ce qui n'est pas idéal dans le cas d'une investigation) pour visionner le film de l'Histoire entière. Quand je m'étais endormi, j'en étais à la dérive des continents.

Dans ma tête, j'ai une alarme interne qui retentit quelque-fois, sans raison valable. J'entends un son ressemblant au cri de la loutre en rut, ou plus précisément au son émis par la poire qui tombe de l'arbre. J'ai déjà consulté à ce sujet, mais le méde-cin m'a rassuré, lui-même entendait souvent dans sa tête trois petits lutins jouant de la flûte traversière.

C'est cette petite alarme interne qui m'a extirpé de mon sommeil. Je tenais encore les trois indices dans mes mains et je n'avais aucune idée de ce que je devais en faire. Je me débrouille seul généralement, mais certaines situations très particulières exigent que je demande conseil. C'est ce que j'ai fait. En der-nière instance, j'ai appelé le lieutenant Columbo.

– Bonsoir, lieutenant Columbo. Je suis François Clémentin.

– On se connaît ?

– Non, mais nous sommes semblables, en quelque sorte. Nous sommes tous deux êtres humains et nous faisons un travail similaire.

– Ah bon. Que puis-je faire pour vous ?

– Je suis chargé d'une enquête délicate et complexe. J'ai re-cueilli des éléments suspects sur la scène du crime, mais je ne sais pas quoi en faire, hormis de les tenir dans mes mains.

– Je vous suggère de procéder à une analyse en laboratoire. Bonsoir, monsieur Clémentin.

– Bonsoir et merci, lieutenant Columbo. Saluez votre femme pour moi.

Il existe deux catégories d'acteurs : ceux qui se prennent pour d'autres seulement lorsqu'ils incarnent des personnages, et ceux qui se prennent pour d'autres tout le temps. Heureuse-ment, Columbo fait partie de la première catégorie.

Chapitre 10

J'ai fouillé dans le bottin téléphonique à la recherche d'une entreprise se spécialisant dans l'analyse de pièces à conviction. Tout de suite, Conclusions hâtives ltée m'a semblé se distinguer des autres par sa publicité : couleurs éclatantes, superlatifs convaincants tels « meilleur laboratoire d'analyses au monde » et des slogans d'enfer : « Nous sommes les alchimistes de demain. Nous transformons les pièces à conviction en preuves, les preuves mineures en preuves accablantes et les preuves accablantes en preuves irréfutables. Vous trouverez un coupable ou votre argent vous sera remis. »

En plus, le laboratoire était non loin de chez moi. Il me suffisait de tourner à droite, ensuite à gauche, de faire quelques pas, de tourner encore à gauche, de gravir trois marches, d'ouvrir la porte, de monter un autre escalier et d'ouvrir une dernière porte en prenant bien soin de la fermer derrière moi. Ensuite, une réceptionniste s'adresserait à moi ainsi : « Bonjour, qu'est-ce que je peux faire pour vous ? » Et puis, ce serait à mon tour d'entrer en scène :

– Bonjour, madame. Un cadavre traîne dans ma salle de bain depuis quelque temps déjà et je doute qu'il s'agisse d'une mort naturelle. J'ai quelques indices qui me permettraient peut-être d'éclaircir la question ; malheureusement, je n'ai pas votre attirail scientifique pour procéder aux tests nécessaires. Pouvez-vous m'aider ?

– Bien sûr, monsieur. Quel est votre nom ?

– François Cl...

– STOP, ARRÊTEZ! Ne m'en dites pas plus, je vous prie, je veux deviner. Selon mon horoscope, aujourd'hui est un jour propice aux devinettes. Vous vous appelez… attendez que je réfléchisse… François… François Clopin! Oui, c'est ça, je le sens, François Clopin!

– Non.

– Ah non? Bon, laissez-moi une deuxième chance. Voyons voir… euh… vous êtes François… François… François Clermont! Je l'ai cette fois-ci, n'est-ce pas?

– Non plus. Une dernière tentative peut-être?

Je ne m'amusais pas tellement. Mais elle, si. Je ne voulais pas lui gâcher son plaisir.

– Ok, ok. Là, je le sens, je vais le trouver. François… Clémentine!

– Ça y est presque! l'ai-je encouragée. Enlever le *e* et vous y êtes!

J'avais vraiment hâte que cesse ce jeu stupide. C'était d'une telle puérilité.

– Vous vous appelez François Clmentine!

– Non, en fait, c'est le dernier *e* qu'il faut retirer.

– Alors votre nom est François Clémentin. Finalement, mon horoscope avait tout faux, a-t-elle conclu sur un ton triste, mais beaucoup plus lucide.

– Peut-être auriez-vous dû lire les prévisions reliées à votre ascendant? Ou à votre signe astrologique chinois?

J'essayais de lui remonter le moral, mais, phénomène curieux, aucune blague ne me venait en tête pour détendre l'atmosphère.

– Peut-être… enfin. Passons aux choses sérieuses. Quelles sont les pièces à conviction dont vous souhaitez faire l'analyse?

– Un cheveu roux, une graine noire et une motte de terre.

– Désirez-vous obtenir les résultats bientôt?

– Oui, bientôt est une échéance qui me convient.

– Inscrivez vos coordonnées sur cette fiche, placez les pièces à conviction dans cette enveloppe et revenez au laboratoire dans trois jours. On vous remettra les analyses demandées.

– Merci.

Et, juste comme j'allais quitter le laboratoire, j'ai ajouté :

– Je vous aime beaucoup, madame.

J'ignore pourquoi j'ai formulé cette dernière phrase. Peut-être que ça faisait joli, ou peut-être voulais-je simplement lui redonner l'entrain qu'elle avait perdu après avoir lamentablement échoué à deviner mon nom. Je ne sais pas. Je suis parti, en m'assurant de bien fermer la porte derrière moi. J'ai descendu l'escalier, ouvert l'autre porte, descendu les trois marches, et je m'apprêtais en toute logique à tourner à droite quand j'ai entendu la dame crier très fort par une fenêtre entrouverte : «MOI AUSSI, JE VOUS AIME, MONSIEUR CLÉMENTIN!»

Chapitre 11

C omme si mon séjour à l'hôpital psychiatrique n'avait pas suffi, voilà qu'une autre mésaventure allait retarder mon enquête. Je revenais tranquillement du laboratoire, embrassant langoureusement quelque piétonne au passage, quand j'ai repéré au loin un vaisseau spatial. Sur le coup, je croyais que c'était un avion, mais en y réfléchissant bien (c'est-à-dire en sollicitant simultanément les deux hémisphères de mon cerveau) et en regardant attentivement, j'ai compris que la thèse de l'avion ne tenait pas la route.

Je ne me suis pas inquiété outre mesure. D'une part, le vaisseau spatial ne présentait rien d'exceptionnel, avec sa forme de soucoupe et ses lumières clignotantes. D'autre part, je savais parfaitement que je n'étais pas la première personne à apercevoir ce genre de bidule. Je continuais donc mon chemin quand – surprise! – l'appareil a atterri à un mètre de moi. J'ai senti quelque chose d'humide m'agripper l'épaule et m'entraîner à l'intérieur. Aussitôt, l'appareil a émis un vrombissement intense et s'est envolé pour aboutir je ne sais où. Tout s'est déroulé tellement vite que je n'ai même pas eu le loisir de prononcer une seule parole. Évidemment, si j'avais disposé de plus de temps, j'aurais interpellé le conducteur d'une voix polie mais ferme: «J'ai une enquête à résoudre, je dois malheureusement décliner l'offre d'une balade en vaisseau spatial avec vous, mais j'ai un ami policier à-ses-premiers-pas qui adore ce genre d'expérience. Je vais vous guider vers lui sur-le-champ.» Mais, comme je l'ai mentionné, je n'en ai pas eu le temps.

Le vaisseau logeait deux extraterrestres. Malheureusement, je ne peux spécifier s'ils provenaient de Mars, de Vénus, de Jupiter ou d'une autre planète, car je ne m'y connais pas tellement en taxinomie des espèces cosmiques. J'ignorais même s'il s'agissait de deux hommes ou de deux femmes, ou d'un homme et d'une femme, vu leur physique très atypique. Ça m'agaçait un peu, car, si je tombais éperdument amoureux de l'un d'eux, je ne saurais pas si je m'engageais dans une relation homosexuelle ou hétérosexuelle. Non pas que ça me dérange vraiment (je suis un type qui s'adapte assez facilement), mais c'est foutrement pratique de connaître le sexe de son partenaire quand vient le temps de lui acheter un cadeau d'anniversaire.

J'ai connu l'amour une seule fois dans ma vie. Elle s'appelait Sohi, mais il faut prononcer July et ça s'écrit *J-u-d-i-e*. Elle était plutôt jolie et se vêtait très bien. Mais ça se gâtait un peu lorsqu'elle se déshabillait : ses belles robes cachaient une abondante pilosité. Et contrairement au chat de mon amie Madeleine, Judie n'était pas très agréable à caresser (il faut cependant préciser que le chat de Madeleine était d'origine himalayenne, ce qui n'était pas le cas de Judie).

Je n'ai eu le béguin pour aucun des deux extraterrestres. Ils ne correspondaient pas à l'image que je me faisais du partenaire idéal. Premièrement, ils ne parlaient pas la même langue que moi, alors bonjour les malentendus ! Ignorer le sexe, passe encore : il m'aurait suffi d'acheter un chèque-cadeau comme présent. Mais ne pas parler la même langue… ouf… je sentais que je me serais embarqué dans une de ces galères !

Ils m'ont finalement ramené sur terre. Nous ne nous sommes jamais revus depuis, mais c'est aussi bien ainsi. Je n'ai pas le mal de mer ni peur en avion, mais, je ne sais pas pourquoi, aussi loin que je me souvienne, je n'ai jamais vraiment apprécié les balades en vaisseau spatial. C'est un malaise irrationnel que je compte bien surmonter.

Car, pour reprendre les célèbres paroles de Gustave B. Le Bon : « Si on ne fait pas face à ses peurs, on ne les voit jamais très bien. »

Chapitre 12

Mon voyage spatial impromptu m'avait causé une migraine terrible. Je me remettais difficilement du décalage horaire. Au moins, à l'hôpital psychiatrique, je pouvais compter sur du personnel soignant à volonté. Si j'avais eu mal à la tête, je n'aurais eu qu'à faire une scène, à tirer sur une petite corde ou à prétendre avoir une crise cardiaque pour qu'une infirmière se pointe dans les secondes suivantes.

J'ai même vomi mon repas du midi. Dire que je m'étais payé une belle tranche de filet mignon. Ça me rend dingue rien que d'y penser. Avoir su, j'aurais opté pour un vulgaire steak de surlonge.

Même si une tonne de réflexions convoitaient l'espace disponible dans mon cerveau, je doutais d'être en mesure de me concentrer sur l'enquête. Mon niveau de vigilance me permettait de répondre à des questions du type «Quelle est ma couleur préférée?», «Qu'achèterais-je si je gagnais deux dollars?» ou «Comment expliquer la guerre aux bébés?». Mais m'interroger sur ce qui était arrivé à Damien Damien était au-delà de mes capacités. Le sommeil me gagnait. Qui aurait souhaité admirer mes beaux yeux noisette aurait buté sur des paupières closes. Merci de votre visite, revenez plus tard.

***

Il entre dans une maison blanche. Une petite lumière éclaire la pièce du fond. Ce n'est pas une lumière ordinaire. Elle est douce, chaude et enveloppante. Tellement enveloppante qu'on voudrait s'y lover. Plus il s'approche de la lumière, plus il se sent rassuré. Il est à l'aise, léger, à l'écoute de son corps.

« Où suis-je ? » se questionne-t-il tout bas, refusant que sa voix rompe le silence.

Étrangement, comme si un être supérieur lisait dans ses pensées, il s'entend répondre d'une voix grave :

– Tu es dans la maison de la vérité. Je suis Öm, l'être qui sait tout. Tu es un homme bon et dévoué. Pose-moi trois questions, et j'y répondrai.

– Ça alors ! N'importe quelle question ? a demandé l'homme, incrédule.

– N'importe laquelle.

– Je voudrais connaître le sens de la vie.

– Il n'y a pas de sens préétabli. La vie a le sens que tu lui donnes.

– Quel sens devrais-je donner à la mienne ?

– Celui qui te rendra le plus heureux.

– Qu'est-ce qui me rendra le plus heureux ?

– Vivre d'amour et de détachement. Tu sais, il y a plusieurs façons de vivre sa vie. Premièrement, il y a ceux qui vivent au jour le jour. Quand ça va bien, ils sourient, se tapent sur les cuisses, ils réinventent le monde. Quand ça va mal, ils pleurent, s'apitoient sur leur sort et attendent que ça passe. Pour ces individus, pas besoin de s'interroger sur le sens de la vie : les conditions extérieures règlent leur humeur. C'est une vie marquée par les plaisirs éphémères et les attentes déçues. Deuxièmement, il y a ceux qui vivent d'indifférence et d'eau fraîche. L'indifférence est un remède efficace contre la souffrance mais, pour accéder à cet état de paix, il faut éviter à tout prix de s'emballer devant les événements heureux, sous peine d'avoir de la difficulté à retrouver l'état d'indifférence nécessaire pour passer à travers les événements malheureux. Le leitmotiv de ces individus est : « Pas de préférences, pas de déceptions. » Troisièmement, il y a ceux qui préfèrent la voie de l'espérance. Lire les livres nouvel âge, s'abonner aux bulletins psycho pop, faire des exercices de visualisation dans l'espoir de transformer instantanément ses rêves en réalité… C'est positif, bon pour le moral et ça tient l'esprit occupé. Malheureusement, ça retient l'individu dans la

sphère du futur plutôt que de le laisser vagabonder dans la réalité de l'instant présent. Finalement, il y a ceux qui vivent d'amour et de détachement. Ils ont des préférences, mais pas d'attentes. Cette façon de vivre exige de donner un sens à sa vie pour rendre acceptables et cohérentes l'ensemble des expériences vécues, qu'elles soient tristes ou heureuses. C'est une voie difficile, mais aimer d'un amour inconditionnel et désintéressé tous les êtres et les choses qui t'entourent est le chemin du bonheur permanent. Plus tu aimeras dans la vie, plus tu aimeras la vie.

***

«AYOYE!!!» ai-je crié, en relevant ma tête de la table.

Je déteste ce genre de réveil brutal. Ça me rend de mauvais poil. Je serais volontiers demeuré plus longtemps dans les bras de Morphée, surtout que je faisais un rêve très agréable. J'étais dans une maison blanche. Une petite lumière éclairait la pièce du fond. Ce n'était pas une lumière ordinaire : elle était douce, chaude et enveloppante. Tellement enveloppante que quiconque aurait voulu s'y lover. Plus je m'approchais de la lumière, plus je me sentais rassuré. J'étais à l'aise, léger, à l'écoute de mon corps.

Je me souviens de m'être demandé où j'étais. Je parlais bas, pour ne pas rompre le silence. Étrangement, quelqu'un semblait lire dans mes pensées.

– Tu es dans l'hôtel de la vérité, m'a répondu une voix très sensuelle. Je suis Bob, l'être qui sait à peu près tout. Tu es un homme sexy et intelligent. Pose-moi trois questions et j'y répondrai.

J'étais stupéfait.

– Ça alors. N'importe quelle question? avais-je demandé, incrédule.

– N'importe laquelle.

– Je voudrais savoir quel est le sens de la vie.

– Elle n'a aucun sens.

– Devrais-je donc me suicider?

– Je n'en ai rien à foutre.

– Qu'est-ce qui me rendrait le plus heureux ?

– Te cuisiner un bon snack en écoutant les séries éliminatoires de hockey.

C'est à ce moment-là que ma tête s'était écroulée sur la table et que je m'étais réveillé. Je n'étais pas sûr à cent pour cent de l'exactitude des deux premières réponses, car les rêves, c'est souvent confus. Par contre, je me rappelais très clairement la troisième. Et comme il faut se conformer aux messages de nos rêves, je suis allé de ce pas me requinquer l'organisme avec un bon hamburger, une grosse portion de frites, une ou deux bières et un Dr Pepper. Malheureusement, les séries éliminatoires de hockey étaient terminées. « Bah, on s'en fiche, me suis-je dit. Il y a des reprises de *Frédo l'ornitho* à la télévision. »

Chapitre 13

J e suis superstitieux. C'est la raison pour laquelle je n'écris jamais de chapitre treize d'habitude. Ça porte malheur. Pas à moi, mais aux lecteurs. Mais cette fois, mon éditeur m'y a forcé. Ainsi, il se peut qu'il vous arrive quelque chose de très grave dans les trois mois qui suivront la lecture de ce livre.

C'est un charlatan qui m'a instruit de ce risque. Je ne l'ai pas cru au début, mais j'ai bien dû me raviser : chaque fois que je faisais lire des chapitres treize à des proches, il leur arrivait malheur. Oh, rien de grave, mais des difficultés qu'on aurait voulu éviter, si vous voyez ce que je veux dire. Pour l'un, ç'a été un accident de voiture (une chance qu'il n'était pas impliqué), pour un autre, un saut en parachute qui a mal tourné (l'avion n'a jamais réussi à décoller) et pour un autre encore, une soupe qui a brûlé.

Ce même charlatan m'a confié un truc pour conjurer le mauvais sort. Il faut aspirer par le nez du lait provenant d'une vache vierge et pieuse. Mais il était complètement soûl quand il m'a raconté tout ça, alors peut-être voulait-il simplement se foutre de ma gueule.

Chapitre 14

J e sortais tout doucement de la torpeur dans laquelle m'avait
plongé mon voyage en soucoupe volante. Je n'avais plus mal
à la tête, ce qui a valu à mon miroir un beau grand sourire, une
danse à claquettes et une chansonnette. J'étais de bonne humeur,
je n'avais donc aucune excuse valable pour ne pas me brosser
les dents.

J'en étais aux canines lorsqu'un bruit difficile à répéter m'a
fait sursauter. Tellement que, si j'avais été un ballon de basket-
ball, j'aurais heurté le plafond. J'ignore cependant pourquoi je
fais cette analogie, je ne suis évidemment pas un ballon de bas-
ketball, c'est impossible.

Transposer un bruit de vitre cassée en mots n'est pas une
entreprise facile. Pour un avion qui s'écrase, j'utilise l'onomatopée « boum ». Pour une sonnette de porte, je me sers du
« ding » et du « dong ». Pour un téléphone qui sonne, j'ai recours au « dring », alors que pour un pet, c'est le « prout » universel. Mais pour de la vitre cassée, je dois vous avouer que
c'est plus compliqué.

Bref, je me suis rendu à la cuisine, d'où le bruit semblait
provenir. Un objet non identifié – mais qui ne tarderait pas à
l'être – avait percuté la fenêtre. Au sol étaient éparpillés une
myriade d'éclats de verre. Assez, disons, pour amuser un fakir.
J'ai essayé de reconstituer la fenêtre, mais j'ai abandonné rapidement. Je n'ai jamais excellé dans les casse-tête.

Quel pouvait bien être l'objet qui avait provoqué un tel
gâchis ? Une balle de tennis ? Une balle de golf ? Une balle de

ping-pong? Une balle de laine? Une non-balle? J'ai fait le tour de ma cuisine à quatre pattes à la recherche de l'objet coupable. Et j'ai trouvé: une rondelle de hockey attendait sagement qu'on la découvre sous le réfrigérateur.

– Qu'est-ce que tu fais là, rondelle? lui ai-je demandé d'un ton inquisiteur. Tu n'es pas sur la patinoire avec tes amis?

Bien sûr, je ne m'attendais pas vraiment à recevoir une réponse de sa part. J'ai accumulé assez de sagesse dans ma vie pour savoir qu'une rondelle de hockey, ça ne parle pas. Elle peut bien faire des «plouc» quand elle tombe à l'eau ou des «pock» quand on la frappe avec un bâton, mais ainsi se limite son vocabulaire.

Une note était attachée à la rondelle à l'aide d'un élastique.

Monsieur Clémentin,
Je détiens des informations qui vont probablement vous intéresser. Rendez-vous ce soir, à 19 heures, au parc Pierre-Ménard. Je serai sur le court de tennis, déguisé en lapin. Pour faciliter votre identification, veuillez arborer un ruban rose dans vos cheveux. En échange de mes informations, apportez-moi une mallette remplie d'argent en petites coupures. Et que votre mallette soit grosse.

Quelle note intrigante! Pourquoi cette personne n'avait-elle pas daigné écrire de quoi il s'agissait? Pourquoi tant de cachotteries? Était-ce vraiment nécessaire de fracasser ma fenêtre? Pourquoi ne pas avoir fait appel à un pigeon voyageur?

Me rendre au parc Pierre-Ménard m'embêtait énormément. J'avais un tout autre programme pour cette soirée. J'avais prévu de réaliser tous ces rêves que je m'étais promis d'accomplir lorsque j'étais enfant: devenir pompier, piloter un avion, faire le tour du monde, me marier et fonder une famille. Et puis, le parc Pierre-Ménard est toujours rempli d'enfants qui accaparent les balançoires et les glissoires, de sorte que je n'ai jamais le loisir de m'amuser à ma guise. Mais l'enquête était ma priorité numéro un. Si cet individu avait été témoin du crime perpétré dans ma salle de bain ou s'il détenait quelque information compromettante, je me devais de le rencontrer.

Restait à dénicher une mallette. Où en trouver une à cette époque de l'année ? C'était le temps des framboises, pas des mallettes. Par chance, je suis un type chanceux. J'en ai découvert une belle grosse derrière mon réfrigérateur, ce qui m'a confirmé que c'est toujours là où on s'y attend le moins qu'on trouve des mallettes.

Ça me rappelle la fois où j'avais trouvé un baba au rhum sur le parquet d'un centre commercial. Je me souviens de m'être régalé en me promettant de ne jamais douter de l'infinie générosité de Mère Nature. Depuis ce jour, chaque fois que je déguste un baba au rhum, je mets mon costume d'Adam et je récite ce poème :

> Je ne suis qu'un moi parmi tant d'autres
> Mais j'ai droit autant qu'un autre
> À la joie de n'être autre
> Que moi

J'ignore si c'est grâce à ma nudité ou à la beauté du poème, mais désormais, chaque fois qu'on me sert un baba au rhum, j'ai droit à des applaudissements sentis de la part de mes hôtes. Mais ne nous éparpillons pas inutilement dans ces anecdotes qui mêlent impunément baba au rhum et nudité.

Quelle ne fut pas ma stupéfaction de constater que la mallette était en outre remplie de billets de vingt dollars. Mais je ne suis pas idiot, je n'avais aucunement l'intention de livrer tous ces beaux billets à l'homme-lapin. Enquêter sur la mort de Damien Damien avait été jusqu'à présent une activité bénévole de ma part. Il était hors de question qu'il en soit autrement pour le simili-lapin qui, de surcroît, avait brisé ma fenêtre. Il se trouve que j'accumulais depuis ma naissance des sous noirs. J'ai donc décidé d'en remplir la mallette, ce qui lui conférait un poids substantiel. Pour éviter le cliquetis des pièces entre elles, je les avais emballées individuellement.

Je n'avais rien à craindre. Quiconque aurait comparé ma mallette à une autre, similaire, remplie de billets de vingt dollars au lieu de sous noirs n'aurait pu faire la différence.

J'avais trois heures devant moi avant de me rendre au parc pour rencontrer le mystérieux lapin. Je ne savais pas comment occuper ces heures. J'avais une impression de complétude, la sensation que j'avais réalisé à peu près tout ce que je désirais dans ma vie ; mes rêves d'enfants étaient soudainement complètement occultés par mes obligations présentes. Me faire un café ? Ordinaire. Prendre une douche ? Bof, j'en avais déjà pris des dizaines de fois. Sauter sur une jambe ? Je voulais bien, mais laquelle ?

Finalement, j'ai opté pour une pédicure. J'avais dix ongles d'orteils au total. J'ai commencé le travail par le pied gauche, parce qu'il était plus accessible. J'aurais pu tout aussi bien commencer par le pied droit, mais ce n'est pas ce que la vie me réservait. Contre toute attente, j'ai trouvé cette activité fort amusante. Ici, l'ongle était incarné : je devais faire très attention. Là, l'ongle était robuste : je devais redoubler d'ardeur.

Mais c'est l'ongle du gros orteil de mon pied droit qui m'a procuré le plus de plaisir. Lorsque j'ai voulu tailler le superflu, l'ongle a frôlé ma paume, provoquant ainsi un léger chatouillement. La suite, on s'en doute : ce chatouillement a induit un sourire sur mon visage, ce qui a fait briller mes yeux, provoqué l'accélération de mon rythme cardiaque et libéré des endorphines.

Il y a des moments comme ceux-là où l'on se dit que la vie vaut vraiment la peine d'être vécue.

Chapitre 15

Il était 18 h 15 lorsque j'ai pris le chemin du parc, ruban rose dans les cheveux et mallette en main. J'y suis allé en métro, car je ne possède ni hélicoptère ni autobus. (Je dispose bien sûr d'un vélo, mais je ne l'utilise que pendant les vacances. Faire de la bicyclette ne me procurerait plus le même plaisir si c'était associé au travail.)

J'ai atteint le court de tennis du parc Pierre-Ménard à 18 h 50 précisément, soit dix minutes plus tôt que l'heure convenue. J'attendais patiemment, à cheval sur le filet de tennis, quand j'ai aperçu un petit lapin qui semblait perdu s'approcher de moi. Il était mignon comme tout, avec ses jolies moustaches, son petit nez rose et ses grandes oreilles. Mais son pelage paraissait beaucoup trop réel pour n'être qu'un déguisement.

Quelques minutes plus tard, un second lapin beaucoup plus grand et franchement moins mignon s'est pointé, et là, il n'y avait pas de méprise possible : c'était un faux lapin. Il arborait un pompon rose en guise de queue. Son pelage sentait le synthétique à plein nez. Ses molaires ressemblaient aux miennes. D'autres indices ? Les véritables lapins ne transpirent que sous les pattes. Or celui que j'avais devant moi suait de partout à grosses gouttes. Les yeux des véritables lapins peuvent bouger séparément. J'ai fixé l'homme-lapin pendant deux minutes, et jamais un œil n'a agi différemment de l'autre. Comme si preuve encore était à faire, spécifions que le vrai lapin affectionne particulièrement les bosquets, les bois en bordure de pâturages et les haies, et non les courts de tennis.

Le simili-lapin, comme nous sommes désormais en droit de l'appeler, s'est approché de moi. J'aurais aimé savoir qui pouvait bien se cacher derrière ce pelage artificiel, mais le déguisement rendait l'identification impossible.

Il m'a tendu un paquet. Un tout petit paquet. Faites toucher votre index droit à votre index gauche et votre majeur droit à votre pouce gauche. Le parallélogramme ainsi formé a approximativement la grosseur dudit paquet.

– Monsieur Clémentin, ne comptez pas sur moi pour vous révéler ma véritable identité. Je ne veux en aucun cas être associé à cette histoire de bonhomme pendu. Permettez-moi tout de même de vous transmettre ce colis. Il contient une information qui, je crois, vous éclairera dans votre enquête.

– Très bien, monsieur lapin. Au revoir.

– Attendez, monsieur Clémentin, vous n'oubliez pas quelque chose ?

– Ah oui, bien sûr! J'ai oublié de vous dire merci! Où avais-je flanqué mes bonnes manières ?

J'ai ri énergiquement pour dissimuler ma nervosité.

– Non, monsieur Clémentin. Vous oubliez de me donner la mallette.

Il ne riait pas du tout. Ce lapin était tout à fait dépourvu d'humour. Je comprenais maintenant l'expression : « La dépression court partout dans le monde comme un lapin sauvage. »

– Ah oui… euh… bon… la voici, puisque vous insistez. Ne l'ouvrez pas devant moi, ça me mettrait mal à l'aise.

– D'accord, je l'ouvrirai à la maison. De toute façon, j'ai foutrement hâte de retirer ce costume. Je transpire abondamment là-dessous. Quelle veine avons-nous de ne pas être de véritables lapins, n'est-ce pas ? Et puis, il me vient une rage de carottes.

Il est parti en courant; j'ai fait de même, mais dans le sens opposé. Même si j'avais respecté ses consignes – j'avais rempli avec de l'argent en petites coupures une mallette de bonne taille –, peut-être aurait-il préféré des billets de cent dollars à des sous noirs. Mais je ne m'inquiétais pas outre mesure. J'avais encore un bon mois devant moi avant qu'il ait terminé de compter toutes les pièces de monnaie.

Et ça, c'était à condition qu'il sache compter.

Chapitre 16

J e me suis assis dans mon fauteuil brun si confortable, celui qui est installé dans ma bibliothèque, juste à côté de la lampe de chevet posée sur la petite table adjacente à mon fauteuil brun. Je me suis ensuite servi un grand verre de scotch et j'ai allumé un cigare, comme j'avais souvent vu les hommes le faire dans les films. J'ai fermé les yeux et je les ai ouverts en alternance pendant trois ou quatre minutes. Ensuite, j'ai inspiré et expiré à tour de rôle pendant un laps de temps similaire. Ce rituel visait à créer une ambiance solennelle propice au dévoilement du contenu du petit paquet. « J'espère qu'il contient vraiment des informations intéressantes et que je n'ai pas donné ma collection de sous noirs pour rien », ai-je pensé.

Le paquet était entièrement recouvert de papier d'emballage et de ruban adhésif. Comme si le simili-lapin s'ennuyait du temps des fêtes et qu'il voulait revivre l'expérience d'envelopper un cadeau. Mystérieux et nostalgique, ce lapin.

J'ai réussi à déballer le paquet, non sans fournir un certain effort, duquel j'ai extirpé un petit bout de papier présentant l'inscription suivante :

Quatre milliards cinq cent trois millions deux cent cinquante-sept mille huit cent quatre-vingt-dix-sept.

« J'espère que ça ne correspond pas à la somme en dollars qu'il pensait retrouver dans la mallette, parce qu'il sera déçu ! » ai-je pensé. J'ai ri pendant quelques minutes de ma blague, puis je me suis replongé dans mes réflexions.

À quoi pouvait bien correspondre ce nombre? Je n'en avais aucune idée. J'ai eu beau attendre une minute, deux minutes, cinq minutes, une heure, puis deux heures, aucune explication sensée ne m'est venue à l'esprit. J'ai pensé contacter Columbo de nouveau, mais, comme je n'aime pas faire les choses de la même manière deux fois et que Columbo prend de l'âge, je me suis plutôt tourné vers Cléo.

Cléo est mon meilleur ami. Celui que je réveille à n'importe quelle heure du jour (quand il dort le jour) ou de la nuit (quand il dort la nuit), celui qui me prépare les meilleures rôties au monde (il ne lésine jamais sur le beurre), celui qui ne rit pas de moi lorsque je lui raconte mes frasques, celui dont je me moque lorsqu'il me partage les siennes. Je l'ai rencontré dans un casino il y a dix ans environ. C'était un vendredi matin. Je m'en souviens comme si ça s'était produit tous les jours depuis.

***

Ce matin-là, je souhaitais vivement jouer au black jack, mais toutes les places étaient occupées. J'étais chagriné à un point tel que je m'étais murmuré à l'oreille : « La vie vaut-elle vraiment la peine d'être vécue ? » J'avais passé la semaine entière à lire tout ce qui s'était écrit sur le sujet. J'avais tout appris : comment gagner, comment ne pas perdre, comment compter et ensuite comment compter les cartes. Lisant la déception sur mon visage, Cléo s'était approché de moi. Il avait entamé la conversation, devinant que je n'avais pas la force requise pour briser la glace.

– Tu es déçu n'est-ce pas ? Ou même en colère ? Tu as le goût de dire des gros mots peut-être ? Veux-tu en parler ?

– Bien sûr que je suis très en colère ! lui avais-je répondu du tac au tac. J'ai tout lu sur le black jack. ABSOLUMENT TOUT. Et voilà que personne ne veut jouer avec moi.

– Moi, je le veux.

J'avais levé mon visage pour croiser son regard. Je vous jure que ç'a été le plus beau coup de foudre d'amitié qu'il m'ait été donné de vivre. Il y a des minutes qui durent soixante secondes et d'autres qui durent une éternité. Curieusement, au même moment, nos lèvres respectives ont prononcé les mêmes paroles : « Veux-tu être mon ami ? » On a partagé un beau grand fou rire en guise de réponse.

Et, comme si l'univers tout entier refusait que ce moment se termine, comme si Dieu lui-même donnait son accord à cette amitié naissante, deux places de black jack s'étaient libérées à la table voisine.

***

– Salut Cléo, puis-je te déranger deux minutes ?

– Tu m'as déjà obligé à répondre à la porte. Ce n'est pas suffisant ?

– Tu es plus sympathique que ça d'habitude.

– Désolé. Je ne sais pas ce que j'ai. Je me sens de mauvaise humeur, j'ai les seins sensibles et la larme facile.

– Moi aussi, je vis ça à l'occasion. Une fois par mois à vrai dire. T'inquiète, ça va passer, l'ai-je rassuré.

– Que me vaut ta présence, Brochet ?

Cléo me surnommait parfois ainsi à cause de mon corps allongé, disait-il. Moi, je crois plutôt qu'il ne s'était jamais vraiment accommodé de son propre prénom et que, en me donnant un nom de poisson, et par un mécanisme inconscient de projection, il cheminait lentement vers l'acceptation.

– J'avais cette intuition désagréable que tu n'allais pas bien. Une petite voix dans ma tête me commandait de visiter mon ami Cléo, de lui faire un gros câlin et de lui préparer un bon chocolat chaud.

– C'est gentil de ta part, a-t-il répondu sans grand enthousiasme.

– Ce n'est pas vrai. J'ai dit ça pour te faire plaisir.

– Ah.

– Par contre, j'ai une énigme pour toi qui te redonnera le goût de nager... euh... de sourire.

– Ah ?

J'ai vu sur ses lèvres le début d'un rictus. C'était immanquable : Cléo adorait les énigmes.

– Un simili-lapin m'a transmis ce bout de papier. La signification du nombre qui y est inscrit pourrait fort bien m'indiquer la direction à prendre dans la résolution de mon enquête.

– Tu es chargé d'une enquête ?

– Oui, j'ai omis de t'en parler. Il y a un type pendu dans ma salle de bain. Bizarre, non ?

– Depuis quand te permets-tu de me faire des cachotteries ?

– Calme-toi, vieux, ce ne sont pas des cachotteries. Toi, si tu enquêtais sur un crime, tu le crierais sur tous les toits, peut-être ?

– Non, mais je t'en parlerais.

– Toi aussi, tu as ton jardin secret. Tu ne m'as jamais parlé de Roxane, par exemple.

– C'est vrai, mais c'est parce que je ne connais pas de Roxane.

– Voyons, Cléo, tu as sûrement rencontré une Roxane dans ta vie !

– Non, je t'assure.

– Cléo, on n'apprend pas aux vieux singes à faire des grimaces. Je le vois tout de suite quand tu me mens. Tes coudes font des petits allers-retours comme les nageoires d'un poisson rouge.

– Si, on peut apprendre aux vieux singes à faire la grimace. Je l'ai vu dans un reportage à la télévision.

– Tu dis n'importe quoi.

– Pourquoi dirais-je n'importe quoi au lieu de parler pour dire quelque chose ?

– Parce qu'il est plus difficile de mettre les mots dans l'ordre pour faire des phrases qui se tiennent que de déblatérer des sottises inlassablement, voilà pourquoi.

– Bon, tu me le montres, ce bout de papier ? m'a-t-il proposé pour tiédir l'atmosphère, qui commençait à refroidir drôlement.

Je lui ai montré ledit papier. Il l'a lu en entier.

– «Quatre milliards cinq cent trois millions deux cent cinquante-sept mille huit cent quatre-vingt-dix-sept». Mais qu'est-ce que c'est que ce nombre?

– Je ne sais pas, Cléo. En fait, j'espérais que tu m'éclaires.

– Attends. Réfléchissons. Ce n'est pas le numéro civique d'un appartement: trop long. Ce n'est sûrement pas non plus le titre d'une œuvre: pas assez parlant. Le nombre de termites dans une termitière? Hmm, peut-être... Il ne t'a rien donné d'autre?

– Non! Que cette vulgaire note!

– Peut-être ce nombre correspond-il à un gain à la loterie et qu'il veut te rendre jaloux?

– Pourquoi se serait-il déguisé en lapin, alors?

– Il était déguisé en lapin? Ah bon. Ce n'est pas ce qu'on peut appeler une énigme classique.

– Non, même que c'est une énigme plutôt moderne.

Nous étions perdus dans nos réflexions quand les yeux de Cléo se sont mis à briller.

– Brochet, attend une minute... Tu me redonnes le bout de papier?

– Tiens.

– Ça ne serait pas un numéro de téléphone par hasard? Quatre milliards cinq cent trois millions deux cent cinquante-sept mille huit cent quatre-vingt-dix-sept, ça fait 4-5-0-3-2-5-7-8-9-7. En enlevant des traits d'union aux endroits stratégiques, ça donne 450 325-7879.

– Peut-être bien, mais ce numéro ne me dit rien. À moins que...

J'ai sorti en vitesse la pièce à conviction que j'avais remisée dans ma poche de pantalon.

– Oui, oui... OUI, ÇA CONCORDE! C'EST ÇA! C'EST LE MÊME NUMÉRO DE TÉLÉPHONE QUE J'AI TROUVÉ DANS LE PORTEFEUILLE DE DAMIEN DAMIEN!!!

– Qui est Damien Damien?

– Le type mort dans ma salle de bain.

– Il s'appelle vraiment Damien Damien ?

– Oui, comme dans Paul Paul ou Raymonde Raymonde. Bon, assez parlé. Va te reposer, maintenant. Tu as mauvaise mine.

J'étais très excité par cette coïncidence. Tellement excité que j'en avais une érection. L'enquête prenait enfin son envol. Un envol mesuré, mais en altitude malgré tout. La visite au super-marché n'avait rien donné de concluant, ni l'analyse grapholo-gique. En revanche, un simili-lapin m'avait transmis un numéro de téléphone correspondant au même que celui trouvé sur la victime. Et rien ne me faisait penser que cette synchronie n'était qu'un pur hasard.

La laine commençait à se faire chandail. Et le chandail, j'avais hâte de le porter !

Chapitre 17

Malheureusement, j'ai vite déchanté. Deux jours s'étaient écoulés depuis ma visite chez Cléo. Je prenais un bain moussant, savourant le doux cliquetis des bulles qui éclatent et l'agréable odeur de lavande qui s'en dégageait. Je ne pensais pas à la guerre, je ne pensais pas aux activités frauduleuses de certains hommes d'affaires, je ne pensais pas aux tornades ni aux ouragans. La littérature, l'histoire de l'art, les statistiques, la sismologie, l'océanographie, le bouddhisme, je n'ai rien contre, mais ça n'occupait pas mon esprit non plus. En fait, mon cerveau naviguait en eaux peu profondes. Je songeais à mon prochain repas, au verre de scotch qui l'accompagnerait et aux pantoufles confortables qui m'attendaient. J'en étais à laver l'aisselle droite (ou gauche?) lorsqu'on a sonné à la porte.

Bien que se rhabiller mouillé ne constitue pas une expérience qu'on peut qualifier d'agréable, je n'avais pas perdu un iota de joie. Mais c'est que je ne savais pas ce qui m'attendait.

J'ai ouvert machinalement la porte en réponse au *ding dong*, comme on se lève de son lit en réponse au *bip bip*, qu'on blasphème en réponse au *pout pout* et qu'on colmate une fuite en réponse au *plouc plouc*. Un lapin se dressait devant moi, les oreilles bien raides et les yeux en feu. Pas de doute possible, c'était le simili-lapin du parc Pierre-Ménard. Je sentais que quelque chose n'allait pas. Mais je l'ai d'autant plus senti quand il m'a asséné un coup de poing sur la tempe droite. Je me suis effondré.

– Alors, on aime rire des gens? On aime se foutre de leur gueule? TU NE M'AS DONNÉ QUE DES SOUS NOIRS, CRÉTIN!

Ma tête me faisait souffrir. Malgré tout, j'ai trouvé des ressources de conviction en moi et j'ai plaidé pour ma défense.

– Écoutez-moi, monsieur lapin. Vous m'avez ordonné de me rendre au parc Pierre-Ménard et j'ai obéi, même si un documentaire fort pertinent sur les ornithorynques était présenté à la télévision ce soir-là. Vous m'avez demandé une mallette et je vous ai donné la plus belle mallette qu'il m'ait été donné de voir dans ma vie. Vous avez exigé de l'argent en petites coupures, je vous ai offert les plus petites coupures que j'ai pu trouver. Je me suis même attifé d'un ruban rose pour vous plaire. Et que m'avez-vous donné en échange ? VOUS AVEZ BRISÉ UNE FENÊTRE DE MA MAISON ET VOUS M'AVEZ TRANSMIS UN NUMÉRO DE TÉLÉPHONE QUE JE POSSÉDAIS DÉJÀ !

Il n'a pas bronché. J'avais affaire à un lapin insensible.

– Vous ne voulez pas une carotte ? ai-je tenté, en adoucissant le ton.

Et vlan dans le dos. Et vlan dans les flancs. Et vlan dans le ventre. Il contournait ma personne en me martelant de coups de pattes.

– ARRÊTEZ, MONSIEUR LAPIN, JE VOUS EN SUPPLIE !!!

En plus d'être insensible, il souffrait vraisemblablement de surdité parce qu'il continuait à me frapper malgré mes doléances.

J'ai perdu connaissance.

Chapitre 18

- Bonjour, monsieur Clémentin. Je suis D^{re} Merrill. Elle, avec le grand nez et les poils qui en sortent, c'est D^{re} Bernatchez, et lui, avec la moustache, c'est Dr Boudreault. Comment vous sentez-vous?

– J'ai terriblement mal à la tête. Que s'est-il passé? Où suis-je?

Trois personnes que je n'avais jamais rencontrées – et Dieu sait que j'en ai croisé, des gens, dans ma vie – étaient postées là, devant un lit qui ne m'appartenait pas. Mes questions étaient donc très pertinentes.

– Vous êtes à l'hôpital, m'a répondu la D^{re} Merrill.

– À l'hôpital psychiatrique?

– Non, monsieur, à l'hôpital tout court. On vous a sauvagement agressé. La police a reçu un appel anonyme d'un type qui alléguait vous avoir tabassé.

Certaines images me revenaient à la mémoire : un bain, un ornithorynque et quelque chose d'autre… c'était flou… Un lapin? Une chenille? Non : un lapin. Oui, c'était ça, un lapin.

– Ce n'est pas un lapin qui vous a téléphoné par hasard?

Les trois médecins se sont regardés, interloqués.

– La personne au bout du fil parlait en humain, monsieur Clémentin, a dit la docteure au grand nez.

–… et les ambulanciers n'ont aperçu aucun lapin lorsqu'ils vous ont trouvé, a ajouté le moustachu.

– Ah non?

D^{re} Merrill a pris à part ses collègues. Ils ont discuté à voix basse pendant au moins cinq minutes avant de revenir me voir. J'avais l'impression qu'ils complotaient dans mon dos.

– Monsieur Clémentin, il semblerait que vous ayez subi un choc nerveux, m'expliquait la D[re] Merrill. D'où le fait que vous soyez victime d'hallucinations.

Je me sentais perdu. J'avais cette impression d'avoir été tabassé par un lapin, mais vu mon état, ce n'était peut-être qu'une invention de mon esprit tourmenté.

– Nous avons autre chose à vous apprendre, a-t-elle enchaîné. Vous avez été déclaré cliniquement mort pendant une minute trente secondes.

– Ah bon…

– Veuillez excuser mon indiscrétion, monsieur Clémentin, mais…

Elle hésitait à poursuivre sa phrase.

– … vous n'auriez pas vécu, par hasard, une expérience de vie après la mort ?

– Oh ! Oh ! Mais vous avez un petit côté voyeur, espèce de coquine ! l'ai-je taquinée.

Elle n'a pas souri. Elle était comme le fameux lapin dont j'avais de vagues souvenirs : totalement dépourvue d'humour.

– Voyeurisme et curiosité ne sont pas synonymes.

– Bon, bon, ne vous fâchez pas. Qu'entendez-vous par « expérience de vie après la mort » ?

– Eh bien, certaines personnes qui, comme vous, reviennent à la vie, racontent des choses intéressantes…

– Quoi par exemple ?

– Beaucoup témoignent d'un tunnel qui conduit à une lumière magnifique. Ils ressentent un bien-être profond et sont submergés d'amour. Leur retour à la vie ne se fait généralement pas sans une certaine tristesse, accompagnée d'un sentiment de lourdeur.

– Aaaaah…. c'est de ce tunnel-là que vous voulez parler ! En fait, pour mettre les choses au clair, la lumière est effectivement belle, mais n'exagérons rien, tout de même. Une lumière, ça reste une lumière. En outre, plus j'avançais dans le tunnel, plus je songeais à l'enquête que je n'avais pas encore résolue, ce qui suscitait chez moi un sentiment désagréable de travail inachevé. Au bout du tunnel, j'ai vu ma vie défiler devant mes yeux, ce qui m'a semblé durer en tout et pour tout trente minuscules secondes. Quand on prend conscience que les événements importants de notre vie tiennent en si peu de temps, on éprouve un certain désenchantement, croyez-moi ! Somme toute, pour être honnête, le tunnel, la lumière, le sentiment d'amour et tout le tralala, ce n'est pas si mal, mais ça ne m'empêchait pas d'avoir foutrement hâte de remettre les pieds dans mes savates, si vous voyez ce que je veux dire.

Il y a eu un long moment de silence. Les docteurs semblaient vraiment déçus. On aurait dit que je venais de leur apprendre que le père Noël ne passerait pas chez eux cette année.

– Dans combien de temps vais-je pouvoir sortir d'ici ?

– Dans trois ou quatre jours, si tout se déroule comme prévu.

Trois ou quatre jours, c'était suffisant pour faire un coup de téléphone.

Chapitre 19

On m'avait alloué une chambre privée. J'avais droit à la télévision, au téléphone, à un ordinateur branché sur l'Internet extrêmement-haute-vitesse et au Jell-o à volonté. J'ignore pourquoi les médecins m'avaient accordé un tel traitement de faveur. Peut-être s'en voulaient-ils de m'avoir déclaré cliniquement mort, peut-être était-ce imputable à ma bouille sympathique. Qu'importe. On ne se questionne pas sur la provenance de sa chance. On la prend sans discuter, on la cache dans un coffre-fort s'il le faut, on remise la clé du coffre-fort à la banque si c'est pour nous rassurer, mais on ne se demande pas d'où elle provient. C'est pareil pour la vomissure. On ne s'interroge pas sur son origine. On tire la chasse d'eau, un point c'est tout.

J'ai composé le numéro suspect : 450 325-7897. Pas de réponse. Juste une machine qui répétait avec une fidélité anale ce que quelqu'un d'autre lui avait dicté : « Bonjour, vous avez joint la boîte vocale de Damien Damien père. Je ne suis pas là présentement, mais laissez-moi un message et je vous rappellerai sans faute dès ma sortie de prison. »

QUOI ?! AVAIS-JE BIEN ENTENDU ? DAMIEN DAMIEN PÈRE ? DE QUI S'AGISSAIT-IL ? ÉTAIT-CE LE PÈRE DE DAMIEN DAMIEN ? C'était logique en tout cas. Assez logique pour que je creuse la question. J'ai allumé l'ordinateur et j'ai entré « prison + damien damien + père » dans un moteur de recherche bien connu. J'ai trouvé un lien qui m'a dirigé vers cet article de journal datant de plus de quatre ans :

Le vendredi 18 août, Damien Damien père a été
reconnu coupable du meurtre au premier degré de
Dorothée Walker, son ex-conjointe. Séparée depuis
peu, Mme Walker fréquentait un autre homme. Il
semblerait que M. Damien père n'ait jamais accepté
la séparation. L'avocat de la défense a demandé la clé-
mence du juge, plaidant que Damien Damien père
avait souffert toute sa vie de l'excentricité de son
nom. Il a néanmoins été condamné à vingt ans d'in-
carcération à la prison Solstice d'été, avec possibilité
de libération conditionnelle dans dix ans.

Voilà une piste intéressante qu'il me fallait suivre. De plus, j'avais végété suffisamment longtemps dans cet hôpital. Je me sentais totalement remis de mon traumatisme et, en plus, j'en avais marre du Jell-o. Même que la vue de cette gibelotte tremblotante commençait à me causer de sérieux haut-le-cœur. Il était hors de question que j'attende qu'on daigne me donner mon congé pour partir. Je devais m'enfuir.

Heureusement, j'avais l'expérience des évasions depuis mon séjour à l'hôpital psychiatrique. Je savais que je devais simplement trouver une porte, l'ouvrir et sortir, tout en évitant d'en souffler mot à quiconque.

À la sortie de l'hôpital, j'ai immédiatement pris la direction de la prison Solstice d'été où logeait Damien Damien père selon le journaliste. Celle-ci n'était pas située très loin, mais ça me gênait quand même de m'y rendre à pied dans ma chemise d'hôpital, qui laissait clairement entrevoir une partie charnue de mon anatomie. J'ai pris mon courage à deux mains et j'ai passé outre à mon orgueil. J'ai atteint l'entrée de la prison en moins de vingt minutes.

– Bonjour, monsieur. Je m'appelle François Clémentin et je viens visiter Damien Damien père, ai-je annoncé au gardien.

– Vous n'avez plus beaucoup de temps. L'heure des visites se termine dans une heure.

– Parfait. De toute façon, voyez comment je suis vêtu, je ne prévois nullement de veiller tard habillé ainsi !

– Très bien. Franchissez cette porte, je vous prie.

Je me suis avancé et j'ai traversé une sorte de barrière qui détectait le métal.

« Bip, bip, bip », ai-je entendu.

– Confiez-moi votre monnaie et tout autre article métallique, m'a enjoint le gardien.

– Pas de problème. Mes effets personnels tiennent tous dans ce petit sac. Je le reprendrai à la sortie.

– Merci. Mais je dois vous demander de repasser à nouveau à travers le détecteur de métal. C'est la consigne.

– Puisqu'il le faut. Mais je doute qu'il sonne à nouveau, puisque je n'ai absolument rien de métallique sur moi. Interrogez tous mes amis, ils vous le confirmeront : Clémentin est fait de chair, d'os, d'eau et d'amour !

J'ai traversé la barrière à nouveau.

« Bip, bip, bip ».

– Je ne comprends pas, monsieur le gardien. Vous voyez bien que je ne transporte rien, je suis presque nu comme un ver !

C'était un pieux mensonge. En fait, je dissimulais sous mon aisselle un tout petit couteau, au cas où Damien Damien père s'avérerait dangereux. On m'avait récemment tabassé et mon sentiment de sécurité personnelle, de même que mon anatomie, en avaient pris un coup.

– Je suis désolé, monsieur, mais le règlement est sans équivoque. Vous ne pouvez pénétrer dans cette prison si le détecteur décèle du matériel métallique sur votre personne.

– Si je peux me permettre, monsieur le gardien, peut-être est-ce votre appareil qui est déréglé. Ou peut-être a-t-on installé à mon insu une puce métallique dans mon cerveau… J'ai séjourné longtemps à l'hôpital totalement inconscient, vous savez. Le personnel hospitalier a eu toute la latitude requise pour insérer divers objets dans mon corps. Mais attendez… il me vient une nouvelle hypothèse… Et si j'avais mangé trop d'épinards ?

Appelez n'importe quel nutritionniste, il vous confirmera que les épinards sont gorgés de fer.

Sans dire un mot, il a composé un numéro de téléphone.

– Bonjour, Léonie, c'est Luc, ton ancien camarade de classe. Tu te souviens de moi?

[Un temps.]

– Tu es nutritionniste, pas vrai?

[Un temps.]

– Excellent. Dis-moi, est-ce vrai que les épinards contiennent beaucoup de fer?

[Encore un temps.]

– Merci, Léonie.

Il a raccroché le combiné.

– Bon, ça va. Vous pouvez y aller.

– Merci beaucoup.

Avant de poursuivre mon chemin, j'ai ajouté:

– Monsieur le gardien, vous ne me materez pas le postérieur, d'accord?

– Je vous le promets. Voyez, je me ferme les yeux.

Dans la salle réservée aux visites, j'ai reconnu tout de suite Damien Damien père. Il ressemblait vraiment à Damien Damien, à cette différence près qu'il n'était pas pendu dans ma salle de bain, ce qui lui conférait un petit air de jeunesse. Ils partageaient les mêmes yeux coquins, les mêmes mains fragiles, les mêmes aisselles creuses. Je me suis assis sur la chaise devant la vitre qui nous séparait et j'ai pris le combiné du téléphone. C'est ainsi qu'il fallait procéder pour parler aux prisonniers.

Il m'a adressé la parole le premier. J'ai failli m'évanouir. Il avait une haleine tellement forte qu'elle transperçait la vitre.

– Bonjour, monsieur. Qui êtes-vous? m'a-t-il demandé sur un ton suspicieux.

– Je suis François Clémentin. Je viens vous annoncer une bien triste nouvelle. Une personne du nom de Damien Damien que je crois être votre fils gît présentement dans ma salle de bain. Plus précisément, il est pendu par une cravate. Une très belle cravate.

Je savais que j'employais un style direct qui risquait de le froisser, mais un prisonnier n'a pas tellement d'autres activités que de se remettre de ses émotions.

– QUOI ???

– Vous avez bien entendu. J'aurais préféré vous épargner cette nouvelle, mais voilà que j'ai retrouvé votre numéro de téléphone dans son portefeuille, sans compter qu'un simili-lapin m'a transmis le même. J'ai pensé que vous aviez probablement quelque chose à voir dans cette histoire. Êtes-vous le meurtrier, monsieur Damien Damien père ?

Il m'a regardé fixement, bouche bée. Des larmes coulaient sur ses joues. Je ne savais pas comment interpréter sa réaction. Je l'ai entendu murmurer :

– Alors, il a tenté de me retrouver…

– Vous cherchait-il ?

– En vérité, je suis son père biologique. Mais je ne l'ai pas connu. Ma femme et moi l'avons donné en adoption à sa naissance. Nous étions jeunes et pauvres à l'époque. S'il était en possession de mon numéro de téléphone, c'est probablement qu'il avait fait des démarches pour retrouver ses parents naturels.

Nouvelle crise de larmes. Je n'ai pu m'empêcher de pleurer à mon tour.

– Aimeriez-vous que je vous donne une photo de votre fils ?

– VOUS EN AVEZ UNE ? Rien ne me ferait plus plaisir ! À part, bien sûr, sortir de cette prison et me prélasser sur la plage, nu autant qu'il est possible de l'être, crinière au vent et pieds dans le sable.

– Tenez, prenez-la.

J'ai fait glisser la photo à travers une fente dans la vitre.

– Vous remarquerez probablement que votre fils a le visage bleuté par la strangulation, mais vous reconnaîtrez malgré tout ses petits yeux coquins.

– Merci, monsieur. Merci infiniment.

Il regardait la photo, perdu dans ses pensées. Je crois qu'il cherchait des similitudes, comme on tente de jumeler des chaussettes après la corvée du lavage.

Je doutais à présent qu'il ait une quelconque implication dans toute cette histoire. Il semblait aimer son fils beaucoup trop. Et puis, la prison lui fournissait un alibi difficile à réfuter.

– Mais qu'est-ce qui a bien pu le mettre dans cet état ?

– Je ne sais pas encore, monsieur Damien père. Mais soyez assuré que je travaille à le découvrir.

La cloche annonçant la fin des visites a retenti. J'avais déjà catégoriquement éliminé l'hypothèse de l'infanticide. Premièrement, Damien Damien père n'incarnait pas du tout l'image que l'on se fait d'un meurtrier. Il avait des yeux très doux, une peau de pêche et un sourire à faire craquer n'importe qui. De plus, la prison respectait en tout point la Loi sur l'espacement des barreaux de cages à humains, ce qui rendait son implication dans la mort de son fils très improbable.

J'allais partir, mais j'étais chagriné à l'idée de laisser ce pauvre homme dans cette mare de mauvaises nouvelles. Comment lui redonner le sourire ? « Un cadeau, ça fait toujours plaisir », ai-je pensé.

– Monsieur Damien père, je suis désolé de devoir vous quitter à présent. J'ai peu d'effets personnels sur moi, mais laissez-moi tout de même vous offrir un petit cadeau. Vous avez le choix entre une chemise d'hôpital ou un couteau.

C'est tout ce que j'avais. J'aurais pu lui servir aussi quelques blagues, mais je n'y ai pas pensé.

– Votre chemise, avec quel type de tissu a-t-elle été confectionnée ?

– Euh… en fait, je ne sais pas trop…

Je me suis retourné et j'ai sorti l'étiquette cousue à la nuque pour la montrer au prisonnier. Un gardien nous a surpris et son visage s'est éclairé d'un petit sourire narquois. Il croyait sans doute que je me retournais pour exhiber mon postérieur. J'ai senti mes joues devenir rouges comme un homard ébouillanté.

– Pas de chance. C'est du polyester. Je ne porte que du coton égyptien.

– Ah?

– Je vais opter pour le couteau.

– Bon choix.

Le gardien nous tournait le dos (il ne voulait probablement pas se faire prendre pour un voyeur). J'ai remis l'objet au prisonnier.

– Je comprends votre tristesse, monsieur Damien père. Mais, si je peux me permettre, restez positif, c'est important. Peut-être suis-je le premier d'une longue série de visiteurs qui vous apprendront tour à tour que vous êtes le géniteur d'une ribambelle d'enfants bien vivants et heureux qui attendent impatiemment votre retour.

Il m'a souri d'un seul côté de la bouche, signe indéniable d'une profonde lassitude. Il était temps que je quitte.

Je me suis donc levé, il a imité mon geste, je l'ai regardé, il a fait de même, je l'ai salué de ma main droite, il m'a salué de la gauche, je suis parti, il est resté.

Chapitre 20

J e n'ai jamais été aussi heureux de rentrer à la maison. Je n'aime pas qu'on me lorgne le postérieur, et encore moins qu'on siffle sur mon passage. C'est donc avec un soulagement certain que j'ai retiré ma chemise d'hôpital et que j'ai enfilé mon pyjama à pattes, dans lequel je me sens si bien. J'ai conservé la chemise dans mon coffre à déguisements. Peut-être me sera-t-elle utile un jour, à l'occasion d'un bal costumé, par exemple.

Bien assis sur mon fauteuil brun, j'ai saisi le journal d'une main et j'ai laissé l'autre se reposer. Moi qui pensais ainsi me détendre, j'ai été saisi par une nouvelle fracassante. Dans la section « Nécrologie », à la page quarante-cinq du journal, était publié le petit article suivant :

> À Montréal est décédé dans des circonstances mystérieuses M. Ernest Courville, à l'âge de 72 ans. Il était le fils de feu Hélène Miron et de feu Constant Courville. Il laisse dans le deuil ses enfants Patricia, Monica et Claude, ainsi que leurs conjoint(e)s, ses petits-enfants, ses arrière-petits-enfants, et la lignée subséquente. La famille recevra les condoléances au complexe funéraire Mon d'œil, 1034, rue Saint-Sulpice Est, Saurelle. La famille tient à exprimer ses remerciements les plus sincères à tout le personnel policier chargé de l'enquête.

Il y avait des similitudes inquiétantes entre ce que j'appellerais l'affaire Courville et l'affaire Damien Damien fils. Les deux concernaient des hommes de plus de vingt ans morts dans des circonstances mystérieuses, puisque leurs décès avaient tous deux donné lieu à une enquête.

Mais ce qui m'a complètement secoué, c'est la ressemblance frappante entre Damien Damien et Ernest Courville. Étaient-ils frères ? Cousins ? Âmes jumelles ? Siamois séparés à la naissance ? Siamois séparés à trois ans ? Siamois séparés à cinq ans ? Simples sosies ? Je n'écartais aucune hypothèse (sauf celle des frères siamois, finalement, car Ernest Courville avait une trentaine d'années de plus que Damien Damien).

Toujours est-il que je commençais à m'inquiéter sérieusement. Si un tueur en série rôdait dans les parages, il fallait que je le retrouve rapidement.

Pour m'aider à me concentrer, je me suis servi un scotch. C'est qu'on en prend l'habitude, de cette concoction si délicieuse et si surprenante ! J'apprécie beaucoup les imprévus qui m'attendent lorsque je bois du scotch. Parfois, je me surprends à chanter après un seul verre. Il m'arrive aussi de grimper dans les rideaux, en imaginant que j'escalade le mont Everest. À d'autres occasions, je mime différents personnages de bandes dessinées.

Un jour, sous l'effet de l'alcool, j'ai rêvé à une sirène nue. Elle se prénommait Martine. Elle avait de longs cheveux roux et soyeux, de beaux seins ronds, fermes et non artificiels et une queue de poisson garnie d'écailles multicolores. J'avais fait semblant de lui faire l'amour sur le fauteuil de mon salon. J'avais passé un moment très agréable. Beaucoup plus agréable que lorsque j'ai pris du crack.

Sans m'épivarder sur les détails, je dirais que mon expérience du crack a été instructive, mais sans plus. Je n'avais pas toute ma tête et je vous avoue que ça m'embêtait beaucoup. Par exemple, lorsque j'essayais de lire, les mots s'envolaient et atterrissaient un peu partout, de sorte que je passais des heures à

les ramasser lettre par lettre. Là encore, ce n'était pas si dramatique. Le véritable défi, c'était de les mettre en ordre. En outre,
le crack donne mauvaise haleine. Et fait péter. Pas de petites fla-
tulences innocentes, mais plutôt des vrombissements intenses
qu'on peut entendre à des kilomètres à la ronde. Je le sais, car,
lors de cette expérience de drogue qui se révélerait être la dernière, une personne avait sonné à ma porte. C'était un voisin
que je n'avais encore jamais eu la chance de rencontrer.

– Bonjour monsieur, je m'appelle René Descôteaux. Et je
trouve que ça ne sent pas très bon.

– Ah bon?

J'étais un peu gêné. Il avait poursuivi:

– En fait, pour être honnête, je trouve que ça sent le pet.

– Et qu'est-ce que je peux y faire? avais-je demandé innocemment.

– Pardonnez-moi ma franchise, monsieur, mais j'aimerais
que vous arrêtiez de péter, s'il vous plaît. Ça donne un arrière-
goût à mon steak.

– Qui vous dit que je suis responsable? Avez-vous des
preuves?

Telle une odeur de flatulence, l'incertitude planait dans
l'air.

– Oui, j'ai une preuve. L'odeur est plus forte quand on
s'approche de votre maison.

– Ce n'est pas ce qu'on peut appeler une preuve tangible.

– Ce n'est pas une preuve qu'on peut toucher, certes, mais
on ne peut nier qu'elle existe, s'obstinait-il sur un ton résolu-
ment arrogant.

– Qu'allez-vous faire? l'avais-je défié.

– Eh bien, si vous ne faites pas en sorte que disparaisse en
vitesse cette odeur nauséabonde, j'appelle la police. Je lui dirai
que j'ai essayé de discuter avec vous, sans succès, et je vous
poursuivrai en…

Avant même de terminer sa phrase, il s'était évanoui. Un
répit de courte durée, car il avait repris ses esprits assez rapidement. C'est vrai que ça ne sentait pas très bon, mais de là à en

faire tout un plat... J'avais tout de même fait l'effort de demeurer sympathique avec lui. J'avais gardé un goût amer de mes rencontres précédentes avec les policiers.

– Mon cher et tendre ami René, je suis désolé pour ce petit incident. Je ne dis pas que l'odeur vient de moi, loin de là, mais je sais qu'on est toujours un peu responsable de ce qui advient dans le monde. Aussi, je vous promets de faire ma part pour que nous vivions tous dans un environnement agréable.

– Merci infiniment, monsieur... Quel est votre nom au juste?

– Clémentin. François Clémentin. Ça s'écrit un peu comme lamantin, mais là s'arrête la comparaison.

Et, pour dissiper toute ambiguïté, j'avais sorti une photo de lamantin que je traîne toujours dans mon portefeuille pour qu'il constate de ses propres yeux que nous étions deux espèces complètement différentes. Un lamantin ressemble un peu à un morse, alors que ma mère m'a toujours dit que je ressemblais davantage à un ornithorynque.

Chapitre 21

H uit jours déjà s'étaient écoulés depuis ma visite au laboratoire criminel. En principe, mes analyses devaient être prêtes depuis cinq jours, mais j'avais décidé de prendre mon temps, question d'éviter de passer pour le type raté qui n'a que ça à faire dans la vie, d'attendre des analyses. Et puis, j'avais besoin de temps pour accoucher d'un roman. J'étais en pleine contraction créative.

Parce que la mort peut frapper à notre porte n'importe quand, il est important d'agir vite dans la vie. J'ai donc pris la route du laboratoire. J'ai tourné à droite, ensuite à gauche, continué quelques pas et tourné encore à gauche. J'ai monté trois marches, ouvert la porte, monté un escalier et ouvert une dernière porte que j'ai pris soin de bien fermer derrière moi.

– Bonjour, monsieur Clémentin, m'a dit en rougissant la réceptionniste.

C'était la même qui m'avait accueilli lors de ma première visite.

– Bonjour, madame. Quel est votre nom ? J'ai omis de vous le demander la dernière fois.

– Je vous laisse deviner !

Je n'avais aucune envie de m'adonner une fois de plus à ce jeu débile.

– Désolé, madame, mais aujourd'hui, tous mes horoscopes convergent vers la même information : « Surtout, ne tentez aucune devinette : votre vie en dépend. »

– Ah bon, a-t-elle répondu déçue. Je m'appelle Gastonne Chapon.

– C'est un très joli nom, ai-je menti.

J'ai cru bon de ne pas lui avouer mon dégoût.

– Ah, vous trouvez que c'est joli ?

– Oui, oui, je trouve que Gastonne Chapon, ça se défend bien.

Nouveau haut-le-cœur.

– Je suis bien contente que vous aimiez. Nous commençons ainsi notre relation sur une base positive. Gastonne Chapon, ce n'est pas tout le monde qui apprécie, vous savez…

Il fallait *vraiment* qu'elle cesse de prononcer son nom, car, chaque fois, j'avais des nausées de plus en plus fortes. Et puis, elle semblait s'être amourachée de moi un peu trop vite. J'envisageais difficilement de fréquenter quelqu'un qui me donnerait mal au cœur chaque fois que je prononcerais son nom. J'ai donc mis les choses au clair.

– Madame Gas… euh… madame, j'aimerais que nous restions amis, sans plus, ai-je balbutié.

– Ah… euh… bon… d'accord. J'avais cru… enfin… après ce que vous m'aviez dit la dernière fois… enfin… ce n'est pas grave… Si, un peu tout de même… mais je comprends…

Une larme roulait sur sa joue droite.

– Ne pleurez pas, Gas… madame, je vous en prie. Vous trouverez un jour l'homme qui vous convient. De toute façon, je suis présentement empêtré dans une enquête difficile, je n'aurais pas beaucoup de temps à vous accorder.

– Bien sûr, je comprends. J'avais acheté ma robe de mariage, mais je crois que je pourrai obtenir un remboursement.

Elle cherchait à éviter mon regard. Comme pour dissiper le malaise qui s'était installé entre nous, elle a changé de sujet :

– Alors, cette enquête, ça avance ? Vous voulez vos résultats ?

– Oui, volontiers.

Elle m'a remis une grande enveloppe brune, et je l'ai remerciée. J'allais partir mais, ce faisant, je savais que je laissais derrière moi une femme triste et amère. Je ressentais la même culpabilité que lorsque j'avais quitté la prison, laissant Damien Damien père seul avec sa peine. Je cherchais désespérément quelque chose d'intelligent à dire pour éviter qu'elle regrette notre rencontre toute sa vie. J'ai tenté ceci :

– Ne soyez pas triste, madame Chapon…

(On aurait dit que d'omettre son prénom diminuait mes nausées.)

– Je suis un type très ordinaire, vous savez, avec plein de tics agaçants. J'ai des phases de fétichisme parfois très longues qui vous auraient gênée, sans compter mes périodes obsession-nelles compulsives. Je me décrirais comme un schizophrène polygame qui ne se lave pas très souvent et dont le loisir pré-féré est de cueillir des roches. Croyez-moi, vous feriez une très mauvaise affaire en m'épousant. Mais si vous voulez, on peut rester amis.

– Vous ne semblez pas du tout être le genre de personne que vous décrivez. Cela étant dit, je recherche un mari fidèle, alors selon toute vraisemblance nous ne sommes pas faits l'un pour l'autre. J'accepte cependant votre proposition. Des amis, c'est comme l'amitié, on n'en a jamais assez. Ça vous dirait d'aller cueillir des roches avec moi un de ces jours ? Nous passerions un moment merveilleux.

– Oui, oui, bien sûr.

Je ne comptais pas la rappeler. Ce n'est pas vrai que j'aime cueillir des roches. J'ai bien essayé une fois ou deux, mais je n'ai ressenti aucun plaisir. Je lui avais menti, mais mieux vaut mentir que de passer une journée entière à ra-masser des roches.

J'avais mon enveloppe contenant les analyses, donc je n'avais plus rien à faire chez Conclusions hâtives ltée. J'allais partir, sans omettre, bien sûr, de saluer la réceptionniste. Mes haut-le-cœur s'étant dissipés, je n'ai pas fait attention aux mots prononcés :

– Merci et au revoir, Gastonne Chapon.

Sur ces dernières paroles, j'ai ouvert la porte très rapidement et j'ai dévalé l'escalier à toute vitesse. J'ai ouvert l'autre porte, descendu les trois marches et vomi de tout mon soûl.

Chapitre 22

De retour à la maison, j'ai avalé d'un trait le contenu de la bouteille de rince-bouche, question de changer de catégorie d'haleine. Ça m'a rendu un peu ivre, mais pas assez tout de même pour ne pas être en mesure de poursuivre mon enquête.

Je me suis assis dans mon fauteuil brun si confortable. Je me suis servi un scotch et j'ai allumé un cigare. La routine, quoi. Ensuite, j'ai ouvert l'enveloppe brune de laquelle j'ai sorti les trois rapports correspondant aux trois indices trouvés. J'ai commencé par l'analyse du cheveu roux.

PREMIÈRE ANALYSE: CHEVEU ROUX
Présence de moelle destinée à jouer un rôle thermoré-gulateur. Les hormones mâles et les hormones femelles agissent de façon contradictoire sur la pousse. Par conséquent, il ne s'agit pas d'un cheveu, mais bien d'un poil animal. Espèce d'appartenance: famille des muridés. Couleur du poil: roux nº 202 avec reflet doré. Dimension: 2 cm de longueur, épaisseur moyenne. Caractéristiques supplémentaires: soyeux au toucher, probablement frais lavé. Pas de pou ni de puce. Légère odeur de noix.

J'étais abasourdi par cette première analyse. Moi qui pensais avoir affaire à un tueur roux, voilà que ce cheveu était en fait un poil animal. À qui pouvait-il appartenir? Ma maison était-elle infestée de rongeurs? Cette idée ne me réjouissait guère. Mais peut-être le poil provenait-il du type pendu dans la salle de bain ? Serait-ce Damien Damien qui avait des rats chez lui ?

La deuxième analyse était tout aussi surprenante.

DEUXIÈME ANALYSE : PETITE GRAINE NOIRE

Graine riche en calcium et en magnésium. Dimension : 3 mm de circonférence. Dureté : 5. Couleur : noir n° 108. Odeur très forte et désagréable. Probablement petit excrément d'animal.

L'analyse pointait une fois de plus vers la présence de rongeurs. Pourtant – je le jure sur la tête de mon ami Cléo –, jamais ce genre de bestiole ne s'est installé dans ma maison sans mon consentement.

Le dernier rapport portait sur les mottes de terre. Mais ici, l'analyse était assez succincte. Difficile d'en tirer des conclusions.

TROISIÈME ANALYSE : MOTTES DE TERRE

Terre provenant de l'extérieur d'une maison. Riche en potassium, calcium et phosphate, probablement excellente pour faire pousser des légumes. Particulièrement les carottes, les tomates et les pois mange-tout. Et les poivrons aussi.

Ouais. Pas très probant, tout ça. Dire que c'est Columbo lui-même qui m'avait recommandé de procéder à de telles analyses. Peut-être était-il un peu rouillé… Ça faisait drôlement longtemps qu'il n'avait pas joué dans un nouveau film policier.

Chapitre 23

Entracte

Ma vie n'est pas facile ces temps-ci. Une enquête à résoudre, des plantes à arroser, des enfants à emmener à l'école… Ah, c'est vrai, je n'ai pas d'enfants. Toujours est-il que je dois m'en souvenir pour ne pas m'y rendre inutilement.

Au moins, je suis rendu à mi-chemin dans l'écriture de mon livre. J'ai pris la décision d'étirer la sauce jusqu'à atteindre un degré de platitude tel que je puisse m'endormir en écrivant. Dans la vie, il faut savoir quand s'arrêter, et parfois quand ne pas commencer. D'ailleurs, si vous désirez devenir écrivain et que vous n'avez pas d'idées, laissez tomber. Un livre sans histoire est voué à l'échec. Certains amateurs croient qu'il suffit d'écrire et que le tour est joué, mais retenez plutôt ceci : si les lettres que vous tapez à l'ordinateur ne forment pas des mots, que les mots ne forment pas des phrases et que les phrases ne se regroupent pas en chapitres, jamais votre travail n'aboutira à un roman qui se tient.

Il y a une multitude d'autres conseils que j'aimerais vous fournir, mais un homme attend patiemment que je révèle au grand jour la raison de son décès. Comme je vous entends me supplier, de votre voix lointaine mais bel et bien audible, de partager avec vous mon expérience, je vais tout de même prendre le temps de vous transmettre mes cinq conseils les plus précieux.

Premièrement, n'acceptez jamais de bonbons des inconnus, sous peine de vous faire kidnapper. J'ai toujours suivi ce conseil et, de toute ma vie, je n'ai été kidnappé qu'une seule fois.

Deuxièmement, apprenez à agencer les couleurs judicieuse-ment. Cela m'a été transmis par mon paternel lorsque j'avais six ans et m'a beaucoup servi jusqu'ici. Un soir qu'il avait la tête au-dessus de la cuvette, mon père m'a dit : « Fiston, blanc sur rouge, rien ne bouge, mais rouge sur blanc, fais ton testa-ment. » Je n'ai pas très bien saisi tout le sens de son conseil, mais ce que j'ai retenu, c'est que je devais faire mon testament. J'ai donc pris rendez-vous avec une personne qui s'occupe de ce genre de choses et je lui ai dicté ce que je désirais à mon décès. (Je veux une cérémonie très avant-gardiste et je tiens à être en-terré en même temps que mon meilleur ami Cléo. Deux céré-monies d'un coup, ça paraît moins dans le compte en banque.) J'ai choisi devant cette personne mon épitaphe : « François Clémentin est mon nom, trente-six ans est mon âge, bleu est ma couleur préféré, rien d'autre ne vaut d'être mentionné. » J'ai précisé que je désirais faire inscrire, en petits caractères : « J'ai caché tout mon legs dans un coffre planqué dans le sous-sol d'une maison située au 4235, rue Charles, dans une région du monde qui commence par S et qui finit par E. » Bien sûr, c'est une blague : je ne léguerai quand même pas tout mon fric à un pur inconnu juste parce qu'il est habile à résoudre des cha-rades. Je désirais seulement m'amuser un peu. Et puis, s'il arrive qu'un idiot croie à ce truc débile, je lui aurai au moins donné l'occasion de voyager. J'espère seulement qu'il pensera à Sainte-Lucie plutôt qu'à la Sibérie.

Troisièmement, ne vous fiez pas seulement au prénom de la personne pour vous en faire une idée, mais aussi à son appa-rence. Cléo a beaucoup souffert de jugements trop courts.

Quatrièmement, n'apportez jamais de hamster au zoo, à moins que les mentalités aient évolué depuis la fois où je l'ai moi-même fait.

Cinquièmement, ne vous prenez jamais pour un autre. C'est ce que répétait toujours mon professeur de musique à l'école primaire, et à quoi j'ajouterais : « Surtout si cet autre est un psychopathe tueur en série. » Je dois cependant faire mon mea-culpa : il m'arrive occasionnellement de me prendre pour Elvis Presley. Dans ces moments-là, je m'enferme dans une boîte et j'imite le chanteur mort. Bien sûr, je ne fais pas durer le plaisir plus de deux ou trois heures. Après, hop ! Au boulot !

Si, grâce à mes conseils, il y a moins de kidnappings et de tueurs en série, et plus de testaments et de paix dans le monde, je n'aurai pas vécu pour rien.

J'avais prévu de vous entretenir à présent de la situation hila-rante dont j'ai été témoin le mois dernier, mais à bien y penser je trouve cette histoire un peu trop personnelle. Je vais donc sauter ce chapitre.

J'avais lu dans une bande dessinée que certains policiers consultaient parfois des voyants pour résoudre des enquêtes. Pourquoi pas moi ? J'ai donc rencontré Estelle, une diseuse de bonne aventure que Cléo m'avait recommandée. «Elle apportera sûrement des réponses à toutes les questions qui te turlupinent», m'avait-il dit.

Je ne voulais surtout pas me faire arnaquer, alors j'ai adopté une approche franche. J'ai demandé d'emblée à la voyante si elle lisait vraiment dans les pensées ou si elle n'exerçait ce métier que pour escroquer les pauvres gens. Ce à quoi elle a répondu : «Je fais ce métier essentiellement pour escroquer, mais pas seulement les pauvres. En fait, j'arnaque les riches la plupart du temps.» J'ai apprécié son sens des valeurs et j'ai décidé de lui faire confiance.

Cette voyante m'a complètement sidéré. Elle m'a raconté toutes sortes de choses que même moi, je ne savais pas. J'ai appris que j'étais né sous le signe de la pomme dans le système astrologique huruminois et que c'était un présage de partage, surtout avec les autres. C'était aussi le signe d'un destin puissant, comme celui d'un roi. J'ai trouvé particulièrement intéressant cette dernière révélation, car effectivement l'idée de devenir roi m'avait déjà effleuré l'esprit, mais j'avais toujours remis ce projet à plus tard. Je n'avais jamais confié cette aspiration à personne, vous imaginez ? Estelle m'a aussi appris que mon ascendant huruminois était banane, et devinez quoi... C'est un fruit que j'aime tout particulièrement !

Les coïncidences ne se sont pas arrêtées là. Ce qu'elle m'a révélé par la suite a été plus qu'instructif.

– Je vois dans ma boule de cristal que vous étiez un ornithorynque dans une vie antérieure.

– Simple observation.

Je n'étais en effet pas très impressionné. S'il y a une chose qu'on m'a souvent répétée dans ma vie, c'est que je ressemblais beaucoup à un ornithorynque. Mais je voulais quand même creuser la question. J'ai donc demandé :

– Étais-je un ornithorynque gentil ?

– Oui, tout à fait. Tous ceux qui vous côtoyaient vous aimaient. Ils ont beaucoup pleuré lors de votre décès, mais sous l'eau, car ils étaient très orgueilleux.

– Je m'en doutais. Est-ce que j'avais une petite amie ?

Je voulais tout connaître de mon passé, question d'arriver à mieux comprendre mon présent.

– Non, vous viviez seul, mais en période de rut, vous étiez abondamment sollicité. Vous aimiez vous entourer d'amis, mais parfois vous préfériez la solitude. Vous adoriez manger, mais sans excès. Et vous étiez un sacré bon nageur. En fait, votre devise était : *Nage, mon frère, car un jour tes pattes ne seront plus palmées.*

À cette révélation, mon sang a fait trois tours. J'étais nostalgique de ce temps révolu.

– J'aurais dû nager davantage à l'époque. Maintenant que je n'ai plus les orteils palmés, nager ne me procure plus la même sensation, ai-je répondu avec un trémolo dans la voix.

– Voulez-vous savoir ce que vous étiez avant d'être un ornithorynque ?

– Non, merci. Pomme, banane, rut, ornithorynque, j'ai déjà beaucoup à computer. Mais merci, sincèrement, merci. Je comprends maintenant pourquoi je ressens tant de mélancolie lorsque j'écoute la télésérie *Frédo l'ornitho*.

– Voulez-vous connaître votre avenir, alors ?

– Est-ce que ça me coûtera plus cher ?

– Non, pas vraiment. Je sais doser l'arnaque.

– D'accord.

– Dans une prochaine vie, vous serez un ornithorynque.

– QUOI ??? Mais non, ça, c'est mon passé ! Je veux connaître mon avenir !

– Ne faites pas l'enfant. La vie est un cycle. Votre passé est votre avenir et vice versa.

– J'ai quand même vécu plus de deux vies !

– Bien sûr, mais je manque d'inspiration. Je ne sais plus quoi inventer.

– Je comprends, ai-je répondu, plein de compassion. J'écris un livre présentement et j'avoue que j'ai parfois certains problèmes d'inspiration.

En ce moment de pure compréhension mutuelle, un « bip » s'est fait entendre.

– Tiens, ma boule de cristal veut nous avertir de quelque chose… Probablement d'un guet-apens.

– Qu'est-ce qu'un guet-apens ?

Je vous l'ai déjà mentionné, je savais en quoi consistait un guet-apens. Mais je voulais m'assurer que je n'avais pas affaire à l'une de ces voyantes givrées qui ne savent pas ce qu'est un guet-apens et qui se font constamment piéger.

– Un guet-apens est un piège sournois qu'une personne malintentionnée utilise pour vous induire en erreur. Par exemple, vous voulez connaître l'heure et elle vous indique la température.

– Moi, j'apporte toujours ma boussole, ma montre et mon thermomètre quand je sors, alors ce n'est pas le genre de guet-apens qui m'effraie, ai-je rétorqué.

C'était un mensonge. Je ne me promène jamais avec une boussole, un thermomètre et une montre. Mais je ne voulais pas qu'elle me prenne pour un imbécile.

– C'est très intelligent de votre part. Moi-même, j'en ai pris l'habitude, mais j'ai bien peur que ces objets ne vous soient d'aucune utilité, car ce n'est pas d'un tel guet-apens que veut vous prévenir ma boule de cristal.

– Ah non? De quoi veut-elle me prévenir?

– C'est un peu flou, car elle n'a pas vraiment été fabriquée avec du cristal, c'était beaucoup trop cher. Mais je vois tout de même un type pendu dans une salle de bain qui crie haut et fort qu'il ne s'est pas suicidé, mais qu'il a été assassiné.

– Ah oui? Tiens, tiens… c'est très intéressant… très intéressant… Et que voyez-vous encore?

– Rien du tout. Attendez… Si, je vois un petit hamster qui se faufile dans le coin gauche de ma boule de simili cristal.

– AH OUI??? À quoi ressemble-t-il? Est-il heureux ou triste? Semble-t-il bien en chair ou manque-t-il de nourriture? Dites-moi tout, je vous en prie!

Il m'arrivait encore à l'occasion de me remémorer les beaux moments passés en compagnie de Fabio H. et de me demander à quoi il ressemblait maintenant. J'ignorais s'il était bien traité, si on l'avait enfermé dans la cage des lions, s'il mangeait à sa faim. Mais la voyante m'a rassuré.

– Ne vous en faites pas. C'est le hamster le plus heureux qu'il m'ait été donné de voir dans une boule de cristal jusqu'à ce jour.

– Et que voyez-vous encore?

– C'est tout. Ah, tiens… «*game over*» vient de s'afficher. La séance est terminée. Que fait-on maintenant?

– Je peux partir tout de suite, ou nous pouvons lire ensemble, ou encore avoir des rapports sexuels, c'est vous qui décidez. Maintenant que vous avez lu mon avenir, j'ai l'impression que vous me connaissez intimement.

– Et si on allait à la banque et que vous me cédiez toutes vos économies?

– Ça non. Il n'en est pas question.

– Ayons des rapports sexuels, alors, m'a-t-elle proposé d'une voix marquée davantage par la déception que par l'excitation.

Je l'ai déshabillée très violemment, un peu à la façon d'un ornithorynque, et elle m'a déshabillé de la même manière, en imitant le bruit de l'animal. C'était une expérience très spéciale, mêlée d'érotisme, de compassion et de souvenirs trop longtemps enfouis.

Chapitre 27

D'après les leçons puisées dans les films de *Columbo*, le coupable est généralement la première personne que l'enquêteur rencontre. Or, je ne me rappelais plus clairement qui j'avais croisé après la macabre découverte. Je crois que c'était Benjamin, un garçon qui vendait des tablettes de chocolat. Un adolescent très correct qui voulait financer son voyage en République Dominicaine, qu'il souhaitait faire pour tisser des liens avec les gens du pays, combattre ainsi des préjugés tenaces et bâtir un monde meilleur. Il était très dégourdi pour un adolescent. Il avait déjà déniché l'endroit où il logerait, un hôtel cinq étoiles à deux pas de la mer avec repas, boissons alcoolisées à volonté et activités organisées. Je me souviens de lui avoir acheté vingt tablettes de chocolat tellement j'étais ému de le voir s'investir dans un tel projet humanitaire.

Depuis ce jour, il passait à la maison quotidiennement pour que je lui achète quelque chose. Nous avions développé en quelque sorte une belle amitié. J'ai donc attendu sa visite pour l'interroger.

– Benjamin, te souviens-tu de la première fois que tu as frappé à ma porte pour me vendre vingt tablettes de chocolat ?

– Si je m'en souviens ? Tu parles, que je m'en souviens ! J'étais tellement content d'avoir réussi à soutirer autant d'argent à un inconnu que j'ai tout dépensé en drogues, en alcool et en prostituées.

– Bien. Ce que j'ai à te dire n'est pas facile. Je ne passerai pas par quatre chemins, ni ne mettrai des gants blancs. Et ne compte pas sur moi pour nager entre deux eaux non plus. D'ailleurs, la diagonale restera toujours le plus court chemin entre deux points.

– Ne t'en fais pas. Laisse aller tes paroles comme elles se présentent à ta bouche.

– Tu es le suspect principal dans une enquête sur le suicide d'un homme dans ma salle de bain.

– Si c'est un suicide, en quoi suis-je suspect?

– Eh bien, il n'est pas exclu que ce soit un meurtre maquillé en suicide.

– Non, non. C'est bien un suicide.

– Ah oui? Comment ça.?

– C'est un principe universellement connu: si tu vois un éléphant galoper, observe ses faits et gestes bien attentivement, peut-être s'agit-il d'un cheval. Quand ce suicide a-t-il été perpétré?

– Lundi, probablement.

– Ah, tu vois, ce n'est pas moi, car tous les lundis j'écoute religieusement *Frédo l'ornitho* à la télévision.

Je ne m'attendais pas à ce qu'il me présente un alibi aussi solide. Il me prenait vraiment de court.

– Hmm. Voilà qui te disculpe. Eh bien… je ne te retiendrai pas plus longtemps. Bon voyage en République Dominicaine, Benjamin!

– Merci beaucoup. Au fait, tu ne voudrais pas vendre mon chocolat à ma place pendant mon absence? À mon retour, tu n'aurais qu'à me rendre l'argent pour les tablettes vendues.

– Bien sûr. Je ferai cela pour toi. En plus, j'utiliserai ce prétexte pour interroger les gens du voisinage.

Un prétexte est une fausse explication à laquelle on a recours pour justifier un geste. Lorsque je dis aux gens que j'écris un livre parce qu'en tant qu'artiste je ressens le besoin de créer, j'use d'un prétexte, car en vérité je veux juste trouver un moyen de devenir milliardaire. De même lorsque je m'invite à l'improviste chez des amis en prétextant que je veux leur dire un dernier adieu avant de me balancer en bas du pont, alors qu'en fait c'est tout simplement que je n'ai pas le goût de me faire à souper. Comme dernier exemple, je vous raconterai la fois où j'ai prétexté être Haïtien pour bénéficier d'une subvention accordée aux nouveaux immigrants entrepreneurs. Mais ça n'a pas fonctionné. La responsable de la subvention, une certaine Josiane, m'a dit que je n'avais pas l'air d'un immigrant, ni d'un entrepreneur, ni d'un Haïtien. C'est vrai que je ne suis pas noir, ni immigrant, mais je suis quand même quelqu'un d'entreprenant. Pour le prouver, je l'ai saisie par le bras et je l'ai embrassée du mieux que j'ai pu, en y mettant toute ma salive. Mais Josiane m'a repoussé en me disant qu'elle désirait davantage de préliminaires. Je n'avais pas le temps, alors j'ai décidé de laisser tomber la subvention.

Chapitre 28

Je devais sérieusement suspendre mon enquête. Comme le meurtrier n'était pas Benjamin, je ne savais plus qui accuser, mais Cléo m'a convaincu de poursuivre mon travail et d'en inclure des bribes dans mon roman.

– François, tu devrais écrire un roman policier. Ce sont des livres bourrés d'intrigues foutrement passionnants.

– Cléo, t'ai-je déjà mentionné que je chérissais le projet d'écrire un bon livre? Non. Je veux seulement écrire un livre. Se mettre trop de pression, c'est mauvais pour la santé, et puis, de toute façon, un livre n'est pas remboursable, alors qu'il soit bon ou mauvais, on s'en fiche.

– Mais je persiste à dire que tu devrais au moins inclure un meurtre dans ton roman.

– Je ne sais pas trop, j'hésite.

– Inspire-toi d'un cas réel dans ta vie. On a tous un jour ou l'autre été témoin d'un meurtre, non?

– Comme quoi, tu vois, une histoire de meurtre, c'est tout ce qu'il y a de plus banal.

– Allez, François, tu n'as aucune histoire à laquelle te référer?

– Bof, il y a toujours ce type pendu dans ma salle de bain…

– Bon, tu vois, pars d'une situation connue et invente-lui une fin inattendue.

– Que veux-tu dire par «fin inattendue»?

– Ce qu'il faut que tu saches, c'est que, pour qu'un roman policier nous tienne en haleine, il faut que les lecteurs ne devinent pas à l'avance qui est le meurtrier. Par exemple, s'ils apprenaient que Benjamin était le meurtrier, ils seraient déçus.

– Bon, d'accord. Je vais inventer que c'est Hubert Clémentin, le meurtrier. Personne ne le connaît, donc personne ne le soupçonnera.

– Sois original, prend un autre nom que le tien, voyons !

– D'accord, ce sera Hubert Klémantin.

– En fait, idéalement, il faudrait que les lecteurs connaissent juste un peu le meurtrier, de sorte qu'à la fin du roman ils constatent qu'ils ont eu une infime chance de le détecter. Ils se diront : « Quel putain d'imbécile je fais ! J'aurais dû deviner que c'était lui, le coupable ! » Je t'assure, tout le plaisir est là.

– Ce n'est pas évident. Y a-t-il autre chose que je devrais savoir ?

Je commençais à m'impatienter.

– Ce serait bien si tu incluais aussi une scène d'amour dans ton histoire.

C'est alors que j'ai eu un flash. J'avais trouvé mon intrigue. Le meurtrier serait Fabio H. Il aurait voulu se venger de ce que je l'avais oublié au zoo. Il serait donc revenu à la maison dans le but de me tuer, mais une fois dans ma salle de bain il n'aurait pas reconnu mon visage étant donné que j'avais vieilli depuis. Il aurait alors pendu la première personne rencontrée (Damien Damien, qui passait par-là), croyant dur comme fer que c'était moi. Sur le chemin du retour, il aurait fait la connaissance de Grignotine, une jolie souris fraîchement divorcée, et en serait tombé follement amoureux. Ils se marièrent, vécurent heureux et eurent beaucoup d'enfants, des métisses souris-hamster.

Lorsque je lui ai fait part de mon scénario, Cléo m'a fait remarquer :

– Quelque chose cloche : comment un si petit hamster pourrait-il tuer une grande personne ?

– Facile ! L'homme est petit. Il monte donc sur un tabouret pour s'admirer dans le miroir pendant qu'il enfile sa cravate. Le bout de celle-ci se coince dans un crochet et Fabio H. n'a qu'à pousser le tabouret du museau.

– Et qu'est-ce que cette personne fait dans ta salle de bain ?

– Je ne sais pas... Je pourrais inventer qu'elle s'est trompée d'adresse ou qu'elle était non-voyante ou... bordel, je n'en sais rien ! Il y a tellement de raisons qui peuvent expliquer qu'on se retrouve un jour ou l'autre dans la salle de bain d'un autre ! D'ailleurs, c'est arrivé à tous les êtres humains, pas vrai ?

– Ouais, ton histoire se tient. C'est un peu tiré par les cheveux, mais tu pourras toujours soutenir que c'est de la science-fiction policière.

Et il a ajouté sur un ton plus sérieux :

– François, ça ne me concerne pas, mais ce type pendu dans ta salle de bain, je trouve ça un peu inquiétant, pas toi ? Tu ne devrais pas appeler la police ?

– Moi, je n'aime pas les policiers, lui ai-je répondu du tac au tac, en empruntant la voix du schtroumpf grognon. Et je peux très bien résoudre l'énigme moi-même.

– Comme tu veux, a-t-il conclu sur le ton d'une fin de chapitre.

Chapitre 29

J'ai noté au verso d'une facture d'électricité le nom des gens du voisinage qu'il me faudrait interroger pour éclaircir le mystère de mon cadavre. Je me permets de l'appeler « mon cadavre » puisqu'il est un peu à moi maintenant, personne ne l'ayant réclamé. Et puis, c'est moi qui l'ai découvert le premier.

– *Ding dong,* a hurlé la sonnette de mon voisin de droite, en réaction à mon index.

Un homme m'a ouvert la porte.

– Bonjour, monsieur. Qui êtes-vous ?

– Clémentin, pour faire court. Ou monsieur Clémentin, pour faire protocolaire. Ou encore François Clémentin si vous voulez m'impressionner par votre souci d'exactitude. Je suis votre voisin de gauche, ou de droite, selon que vous faites face ou non à votre maison.

– Ah.

Décidément, c'était un voisin qui ne parlait pas beaucoup. Mauvais présage dans le cas d'un interrogatoire.

– Que faisiez-vous lundi passé ? ai-je demandé.

– Je travaillais. Pourquoi ?

– ICI, C'EST MOI QUI POSE LES QUESTIONS, BORDEL DE MERDE. Vous travailliez à quel endroit ?

– CE N'EST PAS DE VOS AFFAIRES !

S'il voulait que je l'invite à un barbecue, il était mal parti. J'ai tout de même adouci ma voix d'un ton ou deux.

– Il se trouve qu'il y a un mort dans ma salle de bain. Alors j'aimerais bien que vous vous montriez plus coopératif.

– D'accord, mais demandez-le moi gentiment. Dites-moi : « s'il vous plaît ».

– S'il vous plaît, allez, dites oui, s'il vous plaît…

– Bon, d'accord… Je suis soudeur de profession. Je travaille actuellement chez Souderie & Valdera ltée. Je suis aussi tueur à gages, mais à l'occasion seulement, pour arrondir les fins de mois.

« Tueur à gages ? Tiens, tiens, comme c'est intéressant… » ai-je pensé.

– Lundi dernier, vous n'auriez pas tué un homme dans ma salle de bain, par hasard ?

– De quoi avait-il l'air ?

– Pas très intelligent, à vrai dire.

– Non, ce n'est pas moi qui l'ai tué. Le type que j'ai buté lundi avait l'air intelligent. Tellement, en fait, que j'ai tiré dans son cœur plutôt que dans sa tête, pour ne pas abîmer inutilement son cerveau.

– Eh bien, désolé de vous avoir dérangé. Mille excuses.

J'avais le caquet bas. Aussi bas en fait que peut l'être un caquet. Je me sentais mal aisé de l'avoir ainsi soupçonné, un homme si innocent, avec un alibi en béton, en plus. Un peu pour me faire pardonner, mais aussi, je l'avoue, pour nouer une nouvelle relation, je l'ai invité à un barbecue.

– Ça vous dirait de venir déguster un bon hot-dog chez moi un de ces jours, monsieur… monsieur…

– Appelez-moi Pinsonnault. Je suis cependant désolé de devoir décliner votre invitation, je suis végétarien.

– Pas de problème, vous n'aurez qu'à retirer la saucisse. Et nous dégusterons une tablette de chocolat dont j'assumerai entièrement les frais en guise de dessert.

– D'accord. Quand ce jour viendra, j'y serai. Comptez sur moi.

Je n'avais pas trouvé le meurtrier. En revanche, j'avais découvert une nouvelle façon de me faire des amis : interroger mes voisins. Vous pouvez me piquer ma tactique, si vous voulez. Dans une vie antérieure, j'étais un ornithorynque qui partageait beaucoup, vous vous souvenez ?

Chapitre 30

Je me dirigeais vers la maison de mon voisin oblique – je l'appelle ainsi parce que sa maison est en oblique par rapport à la mienne – pour continuer mon enquête, lorsque j'ai croisé un homme au regard fuyant. Il me semblait l'avoir déjà vu quelque part, mais je n'arrivais pas à me rappeler où ni quand.

Il se comportait mystérieusement. Lorsque j'étais du côté droit de la rue, il traversait du côté gauche. Lorsque je changeais de côté, il faisait de même. Après trois ou quatre minutes de ce manège ridicule, je l'ai reconnu : c'était René Descôteaux, le voisin qui m'avait rendu visite sous prétexte que ça sentait le pet.

Il était normal que je l'interroge. Il habitait près de chez moi, il était donc sur la liste des suspects. Je me suis approché de lui en serrant les fesses très fort pour ne rien laisser s'échapper.

– Hé ! Monsieur Descôteaux ! Je suis François Clémentin, votre voisin. Vous n'avez pas éprouvé d'autres ennuis d'ordre olfactif ces derniers temps ?

– Non, je n'ai remarqué aucune odeur suspecte, je vous remercie.

Il a continué son chemin d'un pas rapide. Discrètement, il a sorti un petit objet de sa poche. En regardant attentivement, j'ai distingué un pince-nez. Il ne me faisait pas confiance.

– Excusez-moi, monsieur Descôteaux. Je voudrais vous poser une petite question. Vous voudriez m'accorder quelques minutes ?

Il a hésité mais s'est tout de même décidé à faire quelques pas vers moi.

– Bien sûr, pas de problème, a-t-il acquiescé d'une voix nasillarde.

– Il se trouve qu'un mort gît dans ma salle de bain. J'essaie de comprendre comment une telle chose a pu se produire. Vous n'auriez pas une petite idée?

– Laissez-moi voir… Hmm. Peut-être s'est-il noyé?

– J'y ai pensé, mais il n'était pas mouillé.

– Il ne se serait pas électrocuté par hasard? C'est très fréquent.

– Il était suspendu à une cravate. Ça m'étonnerait qu'il ait pu s'électrocuter dans ces conditions.

– Évidemment. Dites-moi, est-ce que la cravate entourait son cou?

– Oui, justement.

– Alors, il s'est pendu.

Il était très habile en déduction. Dangereusement habile. Habile comme quelqu'un qui aurait préparé ses répliques d'avance. Je tenais peut-être mon homme. Mais il me restait un certain point à éclaircir.

– Monsieur Descôteaux, où étiez-vous lundi de la semaine dernière?

– Vous voulez dire : où étiez-vous mardi?

– Non, je veux dire : où étiez-vous lundi?

– Le mardi, je travaille.

– Et lundi?

– Le dimanche, je suis en congé. J'en profite pour faire mes courses.

– Et lundi?

– Le samedi aussi, je suis en congé. Généralement, je complète les courses que je n'ai pas eu le temps de faire le lendemain.

J'avais cette intuition profonde qu'il cherchait à éluder la question, mais je n'en étais pas sûr. La prochaine question me l'indiquerait.

– Et lundi, que faisiez-vous?

– Jeudi, je m'acquitte de la corvée de lavage. Et, avant que vous me posiez la question, le mercredi, c'est la journée copains-copains. On se rencontre et on joue à Devine ce que je mange.

– Ah oui? Connais pas. De quoi s'agit-il?

– À l'abri des regards, on met un aliment dans notre bouche, puis on le mâche et on ouvre la bouche. Le premier qui devine quel était l'aliment dans son état originel marque un point.

– Quelle belle occasion de jumeler divertissement et souper entre amis!

– Effectivement. Vous aimeriez peut-être y participer un de ces quatre, monsieur Clémentin?

– Vous êtes sérieux? Rien de me ferait plus plaisir. J'apporterai des aliments inusités.

– C'est réglé. Je vous attends donc jeudi prochain.

– Merci beaucoup pour l'invitation! J'y serai sans faute.

Et j'ai ajouté :

– Pour l'autre jour… je suis encore désolé pour l'odeur… Je ne dis pas que ça venait de moi, mais… enfin… je suis vraiment désolé pour les inconvénients.

– Allez, ne faites pas cette tête. Ce n'était pas si pire que ça. Et le petit goût que l'odeur donnait à mon steak n'était pas désagréable du tout, finalement. D'ailleurs, j'ai essayé de le reproduire hier, mais sans succès.

Nous nous sommes serrés la main chaleureusement. J'étais content. Ému. Étonné aussi de la tournure des événements. En plus d'avoir réussi mon interrogatoire, j'avais récolté une invitation à souper avec de nouveaux amis. Je n'avais pas encore trouvé le meurtrier, mais en revanche j'avais appris une belle leçon de vie : pardonner, c'est aussi s'ouvrir à mille et une possibilités.

Chapitre 31

J e ne suis pas le genre de personne qui baisse les bras à la moindre difficulté (sauf quand j'oublie de mettre mon déodorant). Je désirais toujours ardemment résoudre l'affaire de l'homme pendu dans ma salle de bain, car, d'une part, j'avais déjà acheté une bouteille de scotch toute neuve pour fêter la résolution de l'enquête et, d'autre part, j'appréciais de moins en moins la présence de Damien Damien chez moi. Et c'est sans compter que j'avais hâte de recommencer à uriner directement dans l'eau de la cuvette. Le bruit de mon pipi me rappelle toujours ces doux et agréables après-midis pluvieux d'automne. Ça me manquait terriblement.

J'ai décidé de rendre visite à un autre de mes voisins, toujours dans l'espoir de dénouer l'enquête. Je sentais que cette fois-ci serait la bonne.

– « Ding dong », s'est exclamée la sonnette, chatouillée par la pression de mon doigt coquin.

Personne ne venait ouvrir. « Voilà qui est louche », ai-je songé. J'ai chatouillé la sonnette à nouveau.

– « Ding dong », répéta-t-elle (puisque c'est tout ce qu'elle savait dire).

Toujours aucune réponse.

J'ai tenté d'ouvrir la porte, mais elle était verrouillée. Heureusement, le propriétaire avait laissé la clé dans la serrure. Je me suis donc permis d'entrer.

– Y a-t-il quelqu'un ? Coucou… y a-t-il quelqu'un ?

La maison se faisait muette comme une carpe (une carpe muette, s'entend).

J'étais stupéfait. La maison était remplie d'armes de toutes sortes : couteaux de cuisine pour poignarder, rouleau à pâte pour assommer, saucisses pour étouffer, repas congelés pour faire vomir, cravates à motifs variés pour pendre, assez d'analgésiques pour empoisonner au moins cinq personnes, huile d'olive qui pourrait aussi servir de combustible, et j'en passe.

« Je crois que je tiens ici un suspect sérieux », ai-je pensé.

Une grande nervosité s'est emparée de moi. J'étais en train d'explorer la maison d'un présumé meurtrier. Un bruit de pas s'est fait entendre.

– Qui est là ? Est-ce toi, chérie ? a sondé une voix d'homme.

– Oui, c'est moi, ai-je répondu en imitant la voix d'une femme.

– Je ne savais pas que tu rentrerais si tôt. Une chance que j'ai laissé ma maîtresse dans l'auto !

– Tu as bien fait, mon amour. Ce sont des petites attentions comme celle-là qui me font t'aimer un peu plus chaque jour, ai-je inventé.

J'essayais difficilement d'atténuer le tremblement de ma voix. La possibilité de ressembler physiquement à sa femme était infime. J'avais peu de chance de gagner à ce jeu. Il fallait que j'échafaude une nouvelle tactique. J'ai décidé de jouer cartes sur table.

– En fait, je suis votre voisin, François Clémentin, ai-je avoué en reprenant ma voix virile et en sortant de ma cachette.

– Monsieur Clémentin, qui vous a donné la permission d'entrer chez moi ?

J'étais embêté. Je ne savais pas quoi répondre. Il fallait que je trouve une raison rapidement.

– Euh… c'est notre voisin commun, René Descôteaux… il m'a donné la permission d'entrer. Je voulais nourrir votre chat pendant votre absence.

– Je n'ai pas de chat.

– Oui, bien sûr, et je m'en suis vite aperçu. C'est pourquoi j'allais sortir sur-le-champ.

– Ah bon. Merci de votre obligeance.

J'allais quitter en ces termes, mais je me suis rappelé la raison de ma venue. Je devais l'interroger.

– Monsieur Henri Proulx, c'est bien votre nom, n'est-ce pas ?

– Non. Je m'appelle Jean-Philippe Leblanc. Vous vous méprenez avec Henri Proulx, l'homme de trente-cinq ans arrêté la semaine dernière pour grossière indécence.

– Désolé. C'est que vous lui ressemblez beaucoup, ai-je plaidé. Monsieur Leblanc, j'enquête présentement sur un meurtre perpétré dans ma salle de bain et, en voulant nourrir votre chat, je suis tombé tout à fait par hasard sur un arsenal d'armes dans votre maison qui auraient très bien pu servir à un assassinat, vous voyez ?

– Hein ? Je suis très étonné. Comme quoi ?

– Comme les couteaux de cuisine, le rouleau à pâte, les saucisses, les repas congelés, les cravates, les analgésiques que vous détenez en quantité inquiétante et l'huile d'olive.

– Sachez que pour la possession de chacun de ces articles, j'ai une explication, a-t-il rétorqué.

– Ah oui ? Et que faites-vous avec des couteaux de cuisine ?

– Ce sont des souvenirs précieux que je conserve depuis ma tendre enfance.

– Et le rouleau à pâte ?

– Je l'utilise, vous savez… euh… avec ma maîtresse… vous comprenez… pour faire ces trucs, vous savez… que tout le monde fait… enfin… parfois… n'allez pas penser que je l'utilise toujours…

– Oui, bien sûr, je comprends, c'est chose courante.

J'ai rougi. J'avais déjà eu des pratiques similaires.

– Et les saucisses ?

– Elles appartiennent à ma sœur. Je les conserve pour elle pendant son absence.

– Votre sœur est absente ?

– Oui, très.

– Et les repas congelés?

– Je n'ai plus de blocs réfrigérants, alors je me sers de ces repas pour conserver mes dîners froids.

– On dirait bien que vous avez réponse à tout! J'imagine que vous avez aussi une explication pour la présence de cravates?

– C'est un truc de femme, ça. La mienne aime bien s'habiller en homme le soir quand elle revient du boulot. On a tous notre petit jardin secret, n'est-ce pas?

– Là-dessus, je suis bien d'accord.

Toutes les explications de Jean-Philippe Leblanc témoignaient d'une logique implacable, mais je continuais mon interrogatoire, bien déterminé à y trouver une faille.

– Qu'en est-il des analgésiques?

– Je ne m'en sers jamais. Je les ai gagnés lors d'un tirage au sort.

– Bon, je ne vous embête plus, monsieur Leblanc. Je vous ai mal jugé. Je croyais que vous étiez le meurtrier, mais vous semblez normal, tout compte fait.

– Bien sûr, que je suis normal! Ce n'est pas parce que vous me voyez occasionnellement nu, caché sous mon balcon, qu'il faut que je sois un excentrique!

– Évidemment, veuillez accepter mes excuses.

J'étais peut-être allé un peu trop loin dans les accusations, mais il restait un petit détail à régler.

– Une dernière chose, monsieur Leblanc. J'imagine que vous vous servez de l'huile d'olive pour vous... euh... astiquer le... euh... le braquemart, la biroute, la flamberge, la zigounette, le boyau, le zob, le zizi, la patente, le lingam, l'ithyphalle, le scoubidou, le bras de vitesse, la pissette, la cartouche ou le moineau, si vous préférez?

– Wow! Vous en avez, du vocabulaire! Vous êtes très cultivé, c'est impressionnant.

– Merci.

– Mais je dois vous corriger: je me sers plutôt de l'huile d'olive pour faire mon pesto d'automne.

– Ah bon. Eh bien, je crois que nous avons fait le tour de la question.

Je ressentais un mélange de joie, de déception et de lassitude. J'étais soulagé que mon voisin ne soit pas un meurtrier, mais, d'un autre côté, cette enquête commençait à m'éreinter sérieusement. J'en avais marre des interrogatoires et, de toute façon, je ne savais plus qui interroger.

D'ailleurs, j'ai dessiné une carte du monde pour m'assurer que j'avais bien interrogé toutes les personnes susceptibles d'avoir commis le meurtre. Pour l'avoir expérimenté, je savais que les policiers n'incarnaient pas ce qu'on pourrait appeler des «interrogateurs top niveau», mais en désespoir de cause j'ai tout de même pris la décision de leur passer le flambeau.

Chapitre 32

Est-ce que vous vous souvenez du policier qui refusait obstinément que je détende l'atmosphère ?

Tant mieux si vous vous en souvenez, parce que c'est de lui dont il sera question dans ce chapitre. Sinon, retournez au chapitre où ce personnage est présenté (je ne me souviens plus lequel) et relisez-le. Si vous ne retrouvez pas le passage où je parle d'un policier à-ses-premiers-pas, alors fermez tout simplement le livre. Sans vous en rendre compte, vous avez probablement entamé la lecture d'un autre livre que le mien.

Il était dix heures tapantes lorsque je me suis présenté au poste de police. J'ai reconnu tout de suite ledit policier, celui-là même qui m'avait conduit à l'hôpital psychiatrique.

– Bonjour, monsieur l'agent. Nous nous sommes rencontrés il y a quelque temps déjà. Vous souvenez-vous de moi ? Je m'appelle François Clém…

Il m'a interrompu brusquement.

– François Clémentin, je sais très bien qui vous êtes. J'ai eu une migraine terrible suite à notre entretien. Au fait, vous n'êtes pas à l'hôpital psychiatrique ?

– Non, je suis au poste de police.

– Je vous avertis tout de suite, mon cher ami. Je ne suis pas d'humeur à ce que vous détendiez l'atmosphère, m'a-t-il averti en fronçant les sourcils.

– Du calme, du calme ! Je sais tout de même me retenir quand je me trouve devant des gens dépourvus d'humour !

– Tant mieux. Que puis-je faire pour vous ?

– Il y a un mort dans ma salle de bain. Je ne suis pas du genre à me plaindre, mais je vous avouerai que ça m'embête tout de même un peu.

– Vous n'avez pas une autre salle de bain que vous pourriez utiliser ?

– Même si c'était le cas, ça commence à schlinguer drôlement dans toute la maison, et ça me coûte une fortune en parfums d'ambiance.

– Et comment ce type a-t-il atterri dans votre salle de bain ?

– Je ne crois pas qu'il ait atterri, sinon j'aurais vu son avion.

– J'employais une métaphore, monsieur Clémentin.

– Ah bon. Mais si je peux me permettre, monsieur l'agent, je ne crois pas que le moment soit bien choisi pour faire de la rhétorique. Peut-être une autre fois ?

Je ne voulais pas le vexer. Néanmoins, il a soupiré très fort. Tellement fort que j'ai reçu en plein visage une bouffée d'air frais.

– Depuis quand cet homme loge-t-il dans votre salle de bain ?

– Vivant ? Je ne sais pas. Mais mort, il est là depuis deux semaines assurément.

– L'avez-vous tué, François Clémentin ?

– Non.

– Ah, zut. J'aurais pu vous coffrer et clore l'enquête.

Il semblait déçu, mais il s'est ressaisi.

– D'accord. Allons voir ce pendu qui vous tracasse autant.

Nous nous sommes dirigés vers ma maison. Se diriger en sens contraire aurait été stupide.

– Vous voyez la porte juste en face de vous sur laquelle il est inscrit « Salle de bain » ? C'est là que vous trouverez la scène de crime.

– Je vais y jeter un coup d'œil. Vous ne voyez pas d'inconvénient à ce que j'utilise votre toilette par la même occasion ? J'ai envie de faire caca.

– Bien sûr que non. Je ne sais pas combien de temps ça vous prend d'ordinaire, mais je vous invite à étudier la scène de crime pendant ce temps.

J'attendais patiemment qu'il revienne quand je l'ai entendu crier :

– FRANÇOIS, IL N'Y A PLUS DE PAPIER DE TOILETTE !

– MAIS SI, REGARDEZ DANS LE TIROIR DU BAS, JUSTE SOUS L'ÉVIER.

Il est revenu une heure plus tard.

– Ouf, je me sens plus léger.

Il me semblait en effet plus détendu. Il a repris :

– Votre type, là, dans la salle de bain, eh bien, je mettrais ma main au feu que c'est un voleur qui est entré chez vous dans le but de dérober vos biens, mais qui s'est souvenu tout à coup de tous les malheurs qu'il avait causés à ses victimes et qui, incapable de faire face à ses remords, a décidé de mettre fin à ses jours.

– Vous croyez ?

– Oh que si ! J'ai de l'expérience dans ce genre d'affaires, vous savez.

– Ça alors… Vous me faites penser : j'ai une tirelire dans ma chambre. Peut-être y manque-t-il des sous ? Je vais vérifier.

– Il n'est pas question que je vous laisse seul. Je viens avec vous.

La chambre à coucher était attenante à la salle de bain. Nous nous sommes donc tournés de quatre-vingt-dix degrés. Je me suis empressé de saisir ma tirelire, que j'ai balancée d'une main à l'autre pour évaluer son poids.

– Je suis sûr qu'elle était plus lourde auparavant.

– Êtes-vous convaincu de ce que vous avancez ? Parce que n'importe quelle personne qui vous a rendu visite depuis que vous habitez ici aurait très bien pu subtiliser votre monnaie.

– Oui, je suis sûr de ce que j'avance. Enfin, presque sûr. À cinquante pour cent, je dirais.

– Hmm… J'avoue que c'est plus d'une chance sur deux…

– Mais, dites-moi, monsieur le policier, si Damien Damien avait volé ma monnaie et qu'il s'était ensuite donné la mort, où aurait-il planqué son butin, selon vous ?

– S'appelle-t-il vraiment Damien Damien?

– J'ai bien peur que oui. Comme quoi le ridicule tue parfois... Mais bon, pour revenir à nos moutons, où se cache mon argent maintenant?

– Bonne question. Je ne sais pas. Peut-être l'a-t-il simplement balancé par la fenêtre pour ne pas éveiller les soupçons sur ses activités illicites. Mourir dans une salle de bain est une chose, mais mourir dans une salle de bain en hors-la-loi en est une autre...

– Dites donc, monsieur le policier, vous êtes drôlement doué pour résoudre des énigmes! J'avoue que j'avais quelques préjugés à votre sujet. Je m'en excuse sincèrement.

– C'est vrai que je suis doué. Surtout lorsque je dois bâcler une enquête pour écouter les séries éliminatoires de hockey.

– En tout cas, merci infiniment pour votre aide précieuse. Vous récupérerez bientôt le cadavre, n'est-ce pas? L'odeur de putréfaction me donne la nausée.

– Ne vous en faites pas. Je reviendrai demain sans faute. Et d'ici là, l'odeur que j'y ai laissée devrait supplanter celle de votre homme.

À ce moment précis, nos regards se sont croisés. Malgré la fugacité de cet échange, quiconque aurait assisté à la scène aurait remarqué l'énergie qui s'en dégageait. Une énergie mêlant complicité tacite, admiration mutuelle et sentiment du travail accompli. En résumé, tous les ingrédients d'une belle amitié embryonnaire.

Chapitre 33

L e policier m'avait fourni une hypothèse très plausible pour expliquer la présence du cadavre dans ma salle de bain. Damien Damien était un voleur invétéré qui, par un accès de culpabilité, avait décidé de mettre fin à ses jours. Une histoire très ordinaire, tout ce qu'il y a de plus banal, qui ne mérite surtout pas d'être racontée dans un roman.

Mais une partie de mon cerveau me susurrait que l'enquête n'était pas tout à fait terminée. J'entendais « tic tac toc tic tac toc » dans ma tête, signe qu'il fallait creuser encore.

J'avais vu juste.

Quelques jours après que le policier eût sorti le cadavre de ma maison, j'ai fait une découverte surprenante. Je m'habillais comme j'ai toujours l'habitude de le faire avant de sortir de la maison quand une petite enveloppe rose a glissé de la poche droite de ma chemise. Je me suis penché pour la ramasser. J'ai reconnu tout de suite ce dont il s'agissait : c'était la pièce à conviction trouvée dans le portefeuille de Damien Damien. Machinalement, je l'ai ouverte à nouveau et en ai sorti le papier comme on regarde les circulaires sans en avoir vraiment envie.

Contrairement à la dernière fois où je l'avais examiné, un message figurait sur le papier, ce qui lui donnait toutes les allures d'une lettre.

Je suis idiot. Rarement, mais parfois tout de même. La première fois que j'avais extrait le papier de la petite enveloppe rose, j'avais négligé de le regarder des deux côtés. Je me suis installé confortablement dans mon fauteuil brun, j'ai pris un scotch, je me suis allumé un cigare et j'ai lu la lettre.

Monsieur Clémentin,

On m'a nommé Damien Damien. Ainsi débuta mon absurde de vie.

Non. À bien y penser, mon malheur prit racine plus tôt, dans le ventre de ma mère. Comme si je pressentais l'enfer qui m'attendait, je refusais de sortir. Je suis né après dix mois de gestation, tout comme un baleineau. En plus de l'infirmité de mon nom, si je puis m'exprimer ainsi, j'ai de grandes oreilles, des aisselles très creuses et une mauvaise haleine chronique.

Mes parents biologiques m'ont donné en adoption. Mes parents adoptifs sont morts dans un accident de la route le jour de mes cinq ans. Ils ont fait un face à face avec leurs voitures respectives, fait extrêmement rare paraît-il. Je n'avais jamais eu droit au gâteau d'anniversaire qu'on m'avait promis.

Je n'ai jamais eu de copines non plus. Peut-être à cause de ma mauvaise haleine, peut-être à cause de mon homosexualité, je ne sais pas.

Mais mon plus grand malheur, c'est d'avoir été proclamé Élu de tous les temps. En tant que gardien d'un magnifique trésor, je connais l'emplacement d'un coffre débordant de richesses. Or, quelqu'un d'autre est au courant, car je reçois constamment des menaces de mort. Monsieur Clémentin, si vous trouvez cette lettre, c'est qu'on m'aura tué.

Je m'adresse à vous parce que j'ai entendu parler de vos talents d'enquêteur par un certain Cléo, l'oncle de Janine, la sœur de Robert, l'ami de Jean, le cousin de Léo, le coiffeur de Louis, mon demi-frère. J'ai caché dans ma bouche un code secret qui vous permettra de trouver l'emplacement du trésor. Seule une âme pure à l'intelligence sans limite tel que vous saura le déchiffrer.

Damiens

P.-S. Soyez prudent.

J'étais triste et heureux en même temps. Triste qu'il ait vécu dans cette abondance de malheurs, mais enthousiaste à l'idée qu'un trésor m'attendait. À première vue, Damien Damien me semblait vraiment un chic type. Je ne l'avais pas très bien connu, mais ce que j'avais vu de lui m'avait beaucoup plu. Il était toujours à sa place, ne se plaignait pas, ne prononçait jamais un mot plus haut que l'autre… Et, entre nous, Damien Damien, ce n'est pas si déplaisant à l'oreille, en fin de compte.

En tout cas, je n'ai jamais vomi en le prononçant.

Chapitre 34

J e devais retrouver le cadavre. Ouvrir sa bouche était à présent l'objectif à atteindre, pénultième étape de mon enquête. J'ai donc recontacté mon ami policier.

– Bonjour, c'est François Clémentin.

– Encore vous ?

– Encore moi ! Vous ne m'avez pas oublié ?

– Non, mais j'essaie. J'essaie très fort. Mais sans succès. Que puis-je faire pour vous ? m'a-t-il demandé, résigné.

– Vous souvenez-vous du cadavre que vous avez récupéré chez moi ?

– Quel cadavre ?

– Celui que vous avez récupéré chez moi. Je ne vous en ai donné qu'un seul.

– Hum… Décrivez-le.

– Il était bleu.

– Bleu, bleu, bleu… mais quel type de bleu ?

– Bleu putréfaction avancée.

– Ah oui. J'en ai un vague souvenir.

– J'aimerais le récupérer.

– Chose donnée, chose perdue.

– J'en ai besoin.

– Pour faire quoi ?

– Heu… pour lui rendre un dernier hommage.

J'étais tenté de lui dire la vérité, qu'en fait je ne désirais pas du tout lui rendre hommage, mais plutôt fouiller dans sa bouche. J'ai cependant craint qu'il croie que j'étais une sorte de pervers, un fétichiste des dents, ce qui aurait faussé la perception qu'il avait de moi.

– Mais vous ne le connaissiez même pas !

– Si, tout de même un peu… Nous avons quand même partagé la même salle de bain pendant quelque temps…

– Bon, je crois qu'il est à la morgue. À moins que… Attendez une minute…

Il est revenu exactement soixante secondes plus tard. C'était peut-être un policier dépourvu d'humour, mais au moins il était ponctuel.

– Vous avez de la chance. Il est encore dans le coffre arrière de ma voiture.

– Quand pourrais-je le voir ?

– Aujourd'hui au plus tard. Je dois m'en débarrasser demain, car je m'en vais en camping et j'aurai besoin de tout l'espace nécessaire. Quand je pars en vacances, j'apporte ma brosse à dents, mon dentifrice, ma tente, mon sac de couchage…

– Et votre sac de guimauves, ne l'oubliez pas !

– Naturellement !

– J'arrive de ce pas.

Aussitôt dit, aussitôt fait. Le temps de crier « y a-t-il du gâteau aux carottes par ici ? », j'avais déjà atteint le poste de police. L'agent m'attendait devant sa voiture, dont le coffre arrière était ouvert.

– Bonjour, François. Voici le cadavre. Faites vite, je vous prie.

C'était bien le cadavre de Damien Damien qui gisait dans sa voiture. Je l'ai tout de suite reconnu, même s'il changeait de jour en jour. Il n'était plus le joli cadavre aux petits yeux coquins que j'avais rencontré dans ma salle de bain la première fois. Il était maintenant franchement laid.

J'ai ouvert la bouche de Damien Damien. Il avait une haleine terrible. Le genre d'haleine qui nécessite des soins particuliers. À ce moment précis, j'ai senti des regards se poser sur moi. J'ai regardé autour et j'ai aperçu deux passants qui me dévisageaient l'air de dire: «Mais que fait-il?» Fouiller dans la bouche d'un cadavre est un acte mal vu dans une société, même qu'il y a d'énormes préjugés à ce sujet. J'ai donc fait semblant de tenter de le réanimer en lui prodiguant le bouche-à-bouche. Les passants ont semblé rassurés, puisqu'ils ont poursuivi leur route en fredonnant les paroles de *Thriller* de Michael Jackson.

C'était la première fois de ma vie que j'explorais une bouche avec mon doigt. J'avais déjà délogé une moule qui était restée coincée entre mes molaires à l'aide d'un cure-dent, mais mon doigt était resté sec, et il s'agissait de ma propre bouche... Il y avait quelque chose de poétique dans le geste. En fait, ça ressemblait beaucoup à un rituel dont j'avais entendu parler dans un documentaire. Chez le peuple des Hurumis, pour signaler le commencement de la période des achats de Noël, un grand souper communautaire est organisé et, avant de faire la vaisselle, chacun frotte les dents de son voisin de droite comme pour dire: « Voilà, tu es propre maintenant. »

J'ai trouvé sans difficulté le bout de papier. La bouche de Damien Damien n'était pas très grande, heureusement. Mon cœur battait à tout rompre: j'allais découvrir l'emplacement d'un trésor. J'ai déplié le papier lentement pour faire durer le plaisir. J'y ai trouvé le code secret suivant:

— — — —   — — —   — — —

Dix petits traits. Comment dix petits traits entrecoupés de deux espaces pouvaient-ils m'indiquer l'emplacement d'un trésor?

J'ai commencé par remplacer chaque trait par un chiffre choisi aléatoirement, ce qui m'a mené aux cinq possibilités suivantes:

1. 1234 567 890
2. 1235 567 823
3. 1234 576 981
4. 1324 765 987
5. 1325 345 111

Aucune combinaison ne m'offrait de piste intéressante. La solution de l'énigme se situait ailleurs. J'ai donc remplacé chaque trait par le cri d'un animal. La solution ne résidait pas là non plus, apparemment. J'ai regardé les dix petits traits dans un miroir, mais rien de concluant n'est sorti de cette tentative.

J'étais très fatigué. Je doutais même d'être l'âme pure qui, selon Damien Damien, pouvait déchiffrer le code. En revanche, je savais mon intelligence sans limite. Pour le reste, j'ai décidé de chercher assistance auprès de mon ami Cléo.

Bien sûr, si Cléo avait été un poisson rouge, jamais je ne lui aurais demandé de m'aider. Mais puisque ce n'était pas le cas, j'étais bien décidé à aller lui rendre visite.

Chapitre 35

La maison de Cléo n'est pas très loin de la mienne. À quelques pas de danse, pour tout dire. C'est très pratique, car Cléo et moi avons toujours des tas de choses à nous raconter.

C'est en me remémorant toutes ces anecdotes qui rendent notre amitié si vivante que je me suis rendu chez lui. Je me suis rappelé la fois où j'avais trébuché sur un aquarium qui traînait par terre dans son salon. Ça nous avait bien fait rire. Ou cette fois où j'avais fait tomber mes lunettes dans sa sauce à spaghetti. Nous ne les avions jamais retrouvées.

J'ai frappé trois petits coups à sa porte, exécuté une petite danse du ventre et frappé de nouveau trois fois. C'était un message codé entre nous deux qui signifiait que l'un de nous voulait entrer.

– Hé! François!

– Hop! Cléo!

– Youpidou!

– Youpidou toi-même!

– Que me vaut l'honneur de ta présence, François?

– Eh bien, toi qui aimes les énigmes, j'en ai une bonne pour toi. Si nous arrivons à déchiffrer le code secret que j'ai trouvé dans la bouche de Damien Damien, nous découvrirons un trésor.

– Un trésor?

– Oui, Cléo!!! Un vrai trésor!!!

– Mais quel genre de trésor?

Cléo avait les yeux écarquillés comme ceux d'un poisson mort, sauf que les siens brillaient d'une étincelle de vie.

– Le genre de trésor que nous ne sommes pas prêts d'oublier. Mais j'ai besoin de ton aide, Cléo. Déchiffrer le code secret, ça ne sera pas de la tarte, je te le garantis. Alors, es-tu partant ?

– Tu peux en être sûr ! Et puis de toute façon je déteste les tartes.

Chapitre 36

– Dix traits. Seulement dix traits ?

– Oui.

L'enthousiasme à l'idée de trouver un trésor faisait maintenant place à un mélange de nervosité et de scepticisme. Damien Damien se foutait-il de notre gueule ou existait-il vraiment un secret derrière ce code ?

– Écoute, François, tenons pour acquis l'hypothèse la plus probable, c'est-à-dire que Damien Damien était vraiment l'Élu de tous les temps et que, par conséquent, nul autre que Dieu lui-même n'a la réponse à cette énigme.

– Alors disons tout de suite adieu au trésor. Je sais comment demander de l'aide aux Thomas, aux Géraldine et même aux Germain de ce monde, mais à Dieu...

– Tu es d'un pessimisme...

– Ah oui ? Alors dis-moi, Cléo, comment s'adresse-t-on à Dieu ?

– Comme tu t'adresserais à n'importe qui, sans chichi.

J'ai fermé les yeux et j'ai allumé une chandelle. (J'aurais dû inverser l'ordre des choses, parce que j'ai brûlé la table du salon.) Je me suis ensuite adressé à Dieu comme je me serais adressé à Cléo.

– Youpidou, Dieu !

Je ne savais pas trop à quoi m'attendre en lançant une telle invitation. Je n'ai pas été déçu.

– YOUPIDOU, FRANÇOIS ! a lancé une voix profonde et grave.

Cléo a sursauté. Une chance qu'il n'y a pas de plafond dans sa maison, parce qu'il se serait fracturé le crâne assez sévèrement. Bien qu'il se défende férocement d'être un poisson rouge, il tient à vivre dans les mêmes conditions.

Dieu a poursuivi :

– À ce que j'ai pu constater du haut du ciel, Damien Damien, l'Élu de tous les temps, t'a légué le fameux code secret permettant d'accéder à un fabuleux trésor. Qu'attends-tu de moi ?

– Je m'attends à ce que tu me donnes la clé de l'énigme. Ou encore mieux, à ce que tu me conduises directement à l'emplacement du trésor. Ce serait plus simple, mais à toi de voir.

– Seule une âme pure à l'intelligence sans limite peut accéder au trésor. Tu dois déchiffrer le code pour confirmer que tu incarnes bien cette âme.

– Et que dois-je faire pour trouver la signification des dix traits ?

– Je ne sais pas si tu as déjà entendu parler du jeu du bonhomme pendu. En fait, chacun des dix traits correspond à une lettre. Une fois les dix lettres trouvées, tu sauras où se terre le trésor. Gare à toi si tu échoues !

– Je dispose de combien de chances ?

– Tu as six chances : la tête, le corps, les deux bras et les deux jambes.

J'avais toujours cru Dieu immensément généreux. Force était de constater qu'il était un peu chiche. Généralement, quand je joue au bonhomme pendu avec Cléo, le cou et le corps sont considérés comme deux chances distinctes. Mais comme Dieu avait établi les lois de l'univers, je n'étais pas en position de lui dicter les lois du bonhomme pendu. J'ai pris une grande inspiration.

– Bon, je me lance. Est-ce qu'il y a un *z* ?

– Non. Je dessine la tête ! Une chance en moins !

– Est-ce qu'il y a un *x* ?

– Non plus, a dit Dieu, amusé.

– Un *w* peut-être ?

– Non, pas de *w* non plus. François, pourquoi n'essaies-tu pas des lettres plus communes?

– Laquelle par exemple?

– Eh bien, le *e*. Le *e* est une lettre commune, c'est-à-dire qu'elle entre dans la composition de plusieurs mots.

– Bon, si tu insistes. Y a-t-il un *e*?

– Non. Il ne te reste plus que deux chances.

J'étais à présent beaucoup plus nerveux qu'excité. Je regardais compulsivement autour de moi à la recherche d'un signe. C'est alors que j'ai vu un stérilet sur le bureau de Cléo. Je n'ai fait ni une ni deux.

– Y a-t-il un *s* comme dans «stérilet»?

– Oui! Trois, même!!! Premier, quatrième et dixième traits. Continue, mon fils, tu es sur la bonne voie.

Quand Dieu lui-même te dit que tu es sur la bonne voie, tu es en droit d'être content. J'étais content.

J'ai regardé autour de moi encore une fois. Quand j'ai vu Cléo qui faisait l'imbécile, j'ai tenté le *i*.

– Oui! Il y a un *i* au neuvième trait!

Décidément, cette tactique me portait chance. J'ai regardé par la fenêtre et j'ai aperçu une chose bouger. En observant plus attentivement, j'ai distingué une otarie. J'ai donc opté pour le *o*.

– Bravo! Il y a deux *o*. Tu y es presque, François!

Ouf! Je l'avais échappé belle, l'otarie s'étant avérée être un berger allemand. Puis, j'ai vu l'utérus dans lequel était installé le stérilet.

– Est-ce qu'il y a un *u*?

– Oui, oui, oui!!! Troisième trait!

J'ai inscrit les lettres trouvées aux endroits appropriés. Le code secret ressemblait maintenant à ceci:

SOUS _O_ _IS

J'avais le vent dans les voiles. Plus que trois lettres à trouver et le trésor serait à moi. J'ai vu une automobile. J'allais prononcer «*a*», mais je me suis rendu compte que ça pouvait tout aussi bien être une voiture. Devais-je tenter le *a* ou le *v*? Comme j'apercevais du même coup un arbre, j'ai fait d'une pierre deux coups.

– Y a-t-il un *a*? ai-je tenté.

– Non, mon enfant. Il ne te reste plus qu'une seule et unique chance. Désolé.

Il y a de ces moments dans la vie où tout peut basculer. J'ai fait une prière et j'ai prononcé la formule sacrée: «Aloum aloumi alouminum mini.» Évidemment, la porte du congélateur s'est ouverte, ce qui m'a agacé parce que j'en avais un peu marre de toujours devoir la refermer. Au même moment, de façon tout à fait fortuite, ma grand-mère décédée m'est apparue. J'ai supposé qu'elle revenait d'entre les morts pour me souffler la réponse. En effet, mes oreilles ont capté le message suivant: «François, petit-fils adoré, essaie *m*, *n* et *l*. Où je me trouve présentement, je côtoie Dieu tous les jours et c'est le style de lettre qu'il emploierait, je te le garantis!»

J'ai crié très fort, comme pour exprimer toute l'agitation qui s'emparait de mon corps:

– *M, N, L*!

Sur ces dernières paroles, une pluie de confettis multicolores est tombée du ciel. Je savais que j'avais frappé dans le mille, mais j'hésitais tout de même à me réjouir, jusqu'à ce que j'entende:

– OUI!!! C'EST ÇA!!! C'EST BIEN TOI, L'ÂME PURE À L'INTELLIGENCE SANS LIMITE!

J'ai complété le code avec les lettres manquantes, ce qui m'a donné ceci: SOUS MON LIS. Qui aurait pu deviner que Damien Damien cachait le trésor sous son lit? Sûrement pas le policier à-ses-premiers-pas. J'aurais pu en rester là, mais je n'allais pas quitter Dieu sans le taquiner un peu.

– Dieu?

– Quoi, François?

– Tu as mal orthographié le dernier mot du code. Il faut écrire «lit», et non «lis».

– Oups… désolé. Pour plaider en ma faveur, je dois dire que j'ai énormément de langues à maîtriser.

– Ce n'est pas grave, je te pardonne.

Dieu a quitté la maison de Cléo en nous disant d'aller en paix. Ce à quoi Cléo a ajouté, en me regardant droit dans les yeux : « Allons donc en paix chez Damien Damien. »

Chapitre 37

Trouver l'adresse de Damien Damien n'était pas un problème, puisque j'avais pris soin de conserver les cartes d'identité trouvées dans son portefeuille. J'ai pris la route en compagnie de Cléo, qui semblait très heureux de m'escorter. (Il sautillait nerveusement comme un poisson qui tente de sortir de son bocal.)

Le pendu avait habité tout près de l'hôpital psychiatrique. J'ai senti un malaise en passant devant l'établissement. Je me remémorais Irène, la dame complètement vêtue qui m'avait accueilli, et Ludovic. Ce n'était pas de mauvais souvenirs, mais pas de bons non plus. C'était une expérience à classer dans la catégorie « autre ».

Damien Damien avait choisi de vivre dans une maison en brique, probablement pour se protéger des loups rôdant aux alentours. Cette maison n'avait rien d'exceptionnel, même qu'elle aurait très bien pu appartenir à quelqu'un d'autre. En entrant, ce qui fascinait au premier coup d'œil, c'étaient les multiples photos de baleines qui ornaient les murs. Damien Damien semblait beaucoup s'identifier à elles.

Cependant, Cléo et moi n'avons pas daigné prêter attention aux autres éléments décoratifs. Nous avions trop hâte de trouver le trésor. Sans attendre, nous sommes montés au deuxième étage, là où les gens dorment généralement. Nous avons rapidement trouvé une pièce qui regroupait les trois éléments suivants : un lit, une table de chevet et une commode. Pas de doute possible, c'était bel et bien une chambre à coucher. Cléo et moi nous sommes placés de chaque côté du lit, prêts à regarder dessous. Mais nous restions immobiles, figés un moment, pour faire durer le suspense. Puis nous avons pris une grande inspiration et nous nous sommes penchés. Sous le lit, nos regards se sont croisés, ce qui nous a fait beaucoup rire.

C'est Cléo qui a vu le coffre en premier. Il l'a agrippé et l'a sorti de là. Nous aurions très bien pu nous rendre jusqu'à lui, mais nous nous serions sentis quelque peu à l'étroit sous le sommier.

Nos cœurs battaient très fort. Ouvrir un coffre aux trésors fait partie des choses dont peu de gens font l'expérience. Nous ne nous parlions pas, mais nos regards étaient lourds de mots.

– À toi l'honneur, François, âme pure à l'intelligence sans limite.

J'ai tenté d'ouvrir le coffre précautionneusement. Malheureusement, il était verrouillé. Une petite note était attachée à la serrure :

> Il vous faut trouver le mot magique et le dire tout haut trois fois en fermant les yeux pour que le coffre accepte de s'ouvrir à vous. Le mot magique est l'intrus dans la série suivante :
> Lion Chèvre Mouton Tasse Chien Poisson Zèbre Ours Tigre

J'ai trouvé sans difficulté l'intrus. Il s'agissait bien sûr de la tasse, parce que c'était le seul élément doté d'une anse.

J'ai fermé les yeux et j'ai prononcé le mot « tasse » trois fois, tel que prescrit. À ce moment, le doute s'est emparé de mon esprit : et si je m'étais trompé ? Si un autre élément de la suite avait une anse et que je n'étais pas au courant ? Je ne suis point vétérinaire ! Bien sûr, j'ai une connaissance assez approfondie des hamsters, mais pour ce qui est des autres animaux, mon savoir est pour le moins limité.

Mais le coffre s'est ouvert.

Et c'est à ce moment précis que j'ai vu Cléo ouvrir les yeux aussi grand que faire se peut. Il y avait de quoi se réjouir, le coffre était effectivement rempli de formidables bidules : une console Wii, un Slinky, un roman policier, un téléphone cellulaire, la version « monde » du jeu de Monopoly, un sac de surprises digne du dentiste le plus généreux de la terre, une planche à voile miniature, la collection complète des petites figurines représentant tous les présidents américains depuis 1818, une cafetière, un fer à repasser à vapeur et beaucoup d'autres choses encore.

J'étais très excité. Je n'avais encore jamais vu un tel trésor. Il fallait maintenant le partager avec Cléo.

– Je prends le Slinky ! ai-je dit.

– Non, à moi !

– Je l'ai dit en premier !

– Oui, mais j'y ai pensé en premier !

Nous étions bien partis pour nous chamailler. J'avais les joues rouges de colère. Cléo aussi, mais ça paraissait moins, puisqu'il ressemblait déjà à un poisson rouge. Je ne voulais pas d'une dispute avec mon meilleur ami. Je lui ai donc fait la proposition suivante :

– Si tu choisis le Slinky, je prends le sac à surprises.

– Hmm… Laisse-moi y penser.

À ce moment, des craquements se sont fait entendre.

– Qu'est-ce que c'est ? m'a dit Cléo d'une voix nerveuse.

– C'est un craquement, ai-je répondu à voix basse, pour le rassurer.

– Oui, je sais, mais d'où vient ce craquement, François ? On dirait des pas.

– Tu veux dire les pas d'une tierce personne ? Tu penses que quelqu'un est entré dans la maison ?

– Je pense que oui, a murmuré Cléo.

– Nous sommes peut-être poursuivis. Damien Damien a laissé entendre dans sa lettre qu'il se sentait menacé. Quelqu'un sait que ce trésor existe. Fuyons.

Décider de fuir est une chose. Fuir en est une autre. Chacun de nous a pris une poignée du coffre à trésor et nous sommes sortis de la chambre d'un pas pressé. Nous n'avions qu'une idée en tête : quitter cette maison au plus vite.

Au moment où nous nous apprêtions à descendre l'escalier, le bruit du craquement s'est fait plus soutenu. Il n'y avait pas de doute possible : quelqu'un était bel et bien dans la maison.

– Vite, Cléo !

– Vite toi-même !

Dans notre empressement, nous avons fait tomber le Slinky du coffre.

– François ! Ce n'est vraiment pas le temps de jouer au Slinky !

– Imbécile. Le Slinky est tombé tout seul. Tu penses que je m'amuserais dans de pareilles circonstances ? Crétin !

La nervosité court-circuitait toute diplomatie. Comme je commençais à prendre plaisir à prononcer des insanités à l'endroit de mon ami, un homme est apparu au bas des escaliers. Il avait le dos très droit, la poitrine gonflée, et il nous dévisageait d'un regard intimidant.

– Qui êtes-vous ? ai-je demandé.

– Je suis l'homme qui va t'en mettre plein la gueule.

– Pourquoi me tabasser ? Pourquoi ne pas tabasser Cléo ?

Mais je n'ai pas entendu la réponse, car Cléo m'a entraîné dans les escaliers. Il fonçait droit devant, bien déterminé à sortir d'ici. Nous sommes passés très rapidement à côté de l'homme et sommes sortis à l'extérieur. Nous courions à une vitesse seulement moyenne, car le coffre nous ralentissait.

– JE VAIS VOUS RATTRAPER, MONSIEUR CLÉMENTIN, ET JE VAIS VOUS FOUTRE UNE DE CES RACLÉES !

Astucieux comme quatre, nous avons bifurqué vers une petite ruelle pour nous y cacher.

Nous étions à bout de souffle. Courir en transportant un coffre est très éreintant, beaucoup plus que d'en transporter un en voiture. Mais juste comme nous pensions l'avoir semé, l'homme est réapparu devant nous. Cette fois-ci, pas d'échappatoire possible, puisque la ruelle était un cul-de-sac.

– Je vous tiens, monsieur Clémentin.

Dans un mouvement de désespoir, l'homme s'est élancé sur moi. Cléo ne semblait aucunement l'intéresser. Il m'a asséné un puissant coup de poing, sous les yeux apeurés de mon ami.

– TENEZ, PRENEZ LE TRÉSOR, MAIS S'IL VOUS PLAÎT ARRÊTEZ DE ME FRAPPER, ai-je crié.

– Quel trésor?

– Arrêtez de plaisanter. Ce trésor-ci, la raison pour laquelle vous me frappez!

– Je ne sais pas du tout de quoi vous voulez parler. Je ne vous frappe pas à cause d'un trésor, mais bien PARCE QUE VOUS AVEZ COUCHÉ AVEC MA FEMME, SALAUD!

– C'est pour ça que vous m'avez suivi? Parce que vous croyez que j'ai couché avec votre femme? Pas à cause du trésor?

– Je vous le demande à nouveau: quel trésor?

– Celui-ci, ce coffre que nous tenons entre nos mains.

Je l'ai ouvert devant lui pour lui montrer que je ne blaguais pas, que j'avais réellement en ma possession une petite fortune.

– Tu parles d'un trésor! Il n'y a même pas de diamants, dans votre coffre.

– Vous dites cela parce que vous crevez de jalousie!

– Non, pas du tout.

– Oh que si, avouez-le!

– Non.

– Si.

– Non.

– Si.

– Je n'avouerai rien du tout.

– Si, vous le ferez.

– Non.

– Si.

– Arrêtez de dire « si », m'a-t-il ordonné.

– Quand vous arrêterez de dire « non », ai-je répliqué.

– Il n'en est pas question.

– Oh que si !

– Non.

– Si.

– Non.

– Si.

C'est à ce moment que Cléo est intervenu :

– VOTRE CONVERSATION NE MÈNE NULLE PART !
ARRÊTEZ TOUT DE SUITE !

– Cléo, ne te fâche pas après moi, c'est lui qui a commencé à
dire « non ».

– Non ! C'est vous qui avez commencé à dire « si », me
contredisait l'homme.

– Oh que non !

– Oh que si !

– NON !

– SI !

– NON !

– SI !

– STOP !!!!!!!!!!!!!!!!!!!!!!!!!!!!!!!!! Ça suffit ! Il est maintenant défendu de dire « si » et « non ». Le « oui » est interdit également,
au cas où. Me suis-je bien fait comprendre ? a crié Cléo, très
fâché d'être ainsi exclu de la conversation.

À l'unisson, l'inconnu et moi avons répondu : « Oui », ce qui a
mis Cléo hors de lui. Il s'est enfoui la tête dans le sable pour nous
signifier qu'il en avait marre de notre impertinence. J'avais un peu
honte, parce que Cléo marquait un point : la conversation ne menait
nulle part. J'ai donc choisi d'aborder l'inconnu sur un autre ton :

– Pourquoi, monsieur, affirmez-vous que j'ai couché avec
votre femme ? Je ne la connais même pas !

– Comment pouvez-vous dire que vous ne la connaissez
pas ? Vous avez couché avec elle !

– Mais non, je m'en souviendrais !

– Elle s'appelle Martine. Et elle vient d'accoucher d'un bébé dont vous êtes le père. Elle m'a tout raconté. Inutile de nier.

– Martine, Martine… je ne vois pas de qui vous parlez…

– Oh que si, vous savez.

Soudain, la vérité m'a frappé. Martine, c'était cette sirène imaginaire à qui j'avais fait l'amour par la pensée une fois que j'étais ivre mort. Erreur. Il s'avérait que Martine n'avait rien d'une sirène. Et je lui avais réellement fait l'amour. C'est fou ce que le scotch peut nous faire faire…

– Oh, seigneur! Je suis vraiment désolé… J'étais complètement soûl, vous savez, et dans ces moments-là, j'ai de la difficulté à distinguer une sirène onirique d'une femme véritable.

Alors, il s'est mis à pleurer. Il m'a dit qu'il avait eu beaucoup de chagrin lorsqu'il avait constaté qu'il était cocu. Je l'ai pris dans mes bras et lui ai dit pour alléger sa tristesse qu'en fait je n'avais pas eu beaucoup de plaisir avec Martine, que j'avais éprouvé une sensation similaire à celle que procure le fait de laver une voiture et que je ne recommencerais pas. Il a semblé satisfait de cette réponse.

Il m'a parlé un peu du bébé. Il m'a dit qu'il était né en parfaite santé physique. Pour s'assurer de sa santé mentale, il faudrait attendre un peu. Vous vous demandez si c'est un garçon ou une fille, n'est-ce pas? Tut tut. Je ne vous le dirai pas. Je vous ai déjà confié beaucoup de choses sur ma vie, je ne vais quand même pas tout dévoiler! Non, cette fois-ci, c'est à vous de deviner.

L'homme m'a avoué à demi-mot qu'il ne trouvait pas que mon bébé me ressemblait, «parce qu'il est un peu noir» a-t-il spécifié. Il m'a montré une photo. Les similitudes, moi, je les voyais bien: sa petite bouche avancée, ses orteils presque palmés et son sourire d'ornithorynque. Mais je sais que ce sont des détails que seul un vrai père peut percevoir.

Juste au moment où je serrais la main du cocu en guise d'au revoir, Cléo a sorti sa tête du sable. Il a semblé surpris de notre réconciliation. Voyant ses cheveux poussiéreux et tout ébouriffés, nous nous sommes tous mis à rire.

Chapitre 39

J e devais remettre mes idées en place. Récapituler. Recoudre le fil de l'enquête. Je savais que j'avais en théorie jusqu'au 21 décembre 2012, date de la fin du monde selon le calendrier Maya, pour résoudre le mystère de l'homme pendu dans ma salle de bain, mais je ne voulais pas laisser traîner les choses inutilement. J'ai donc pris un crayon et un papier pour dessiner l'arbre des meurtriers potentiels. Mais ce que j'ai fini par tracer ne ressemblait qu'à un arbre régulier, parce que je ne voyais pas qui aurait pu commettre le crime. Au moment même où je n'en avais aucune idée, le téléphone a sonné.

— Bonjour, monsieur Clémentin.

J'ai tout de suite reconnu la voix de mon ami policier. Je l'appelle mon ami, car il semble que nous soyons destinés à nous parler souvent. Mieux vaut fonder cette relation sur une base positive.

— J'ai des informations importantes à vous communiquer. Je vous attends à mon bureau, m'a-t-il annoncé.

— Assez importantes pour que je me déplace?

— Oui.

— Assez importantes pour que je me déplace en courant très vite? Ou pourrais-je emprunter une chaise roulante?

— Assez importantes pour que vous vous pointiez le nez le plus rapidement possible.

— À la vitesse de la lumière, par exemple?

— NON! À LA VITESSE D'UNE VOITURE, PAR EXEMPLE!

— Mais une voiture, ça peut aller très lentement, vous savez. Vous-mêmes, les policiers, nous conseillez de ne pas avoir le pied trop pesant.

— PRENEZ DONC LE MODE DE TRANSPORT QUE VOUS VOULEZ!

— J'aimerais y aller à dos d'escargot. Ce serait amusant vous ne trouvez pas? Zéro pollution, aucuns frais de transport à payer, aucune clé à traîner sur soi...

— C'est ça, c'est ça, allez-y donc à dos d'escargot... Idiot...

— C'est vous qui êtes idiot! Un escargot, c'est beaucoup trop petit pour être chevauché par un humain! J'irai en voiture, que ça vous plaise ou non.

— Bon, c'est assez. Ma migraine reprend, je vais devoir vous laisser. Je vous attends.

Il a raccroché avant même que j'aie eu le temps de le faire en premier. Mais la preuve la plus probante de l'imbécillité de ce policier, c'est le ton sur lequel il terminait toujours les conversations: un ton mêlant à la fois euphorie, appréhension, moquerie et enfantillage.

Pour lui rendre justice, je dois cependant admettre qu'il est beaucoup plus facile d'être imbécile que de ne pas l'être, tout comme il est beaucoup plus facile de manger que de faire une interminable grève de la faim.

Chapitre 40

J'ai pris le chemin du poste de police sans trop d'empressement. Je n'avais pas vraiment espoir que le policier m'ap-
prenne quelque chose. Il était peut-être ponctuel et rapide pour
raccrocher des combinés de téléphone, mais il était imbécile
(sans parler du fait qu'il était totalement dépourvu d'humour).

Et puis il faisait un soleil de plomb. Une de ces belles journées qui donnent le goût de faire l'amour sans s'arrêter ou
encore de tondre sa pelouse.

Juste avant d'entrer dans le poste de police, j'ai été pris de
paranoïa. Une fois de plus, je me sentais épié. Le mari de
Martine me poursuivait-il de nouveau? J'en doutais, puisque
nous nous étions quittés en bons termes. J'ai regardé derrière
moi: rien à signaler. J'ai regardé à gauche et à droite: personne.
J'ai levé les yeux au ciel: qu'un oiseau qui volait vers je ne sais
où. J'ai posé mon regard au sol: des pieds. Deux pieds. C'étaient
les miens, et non ceux d'une personne qui m'épiait. Finalement,
j'ai regardé en face de moi. Il y avait une porte de poste de police.
Je suis entré sans que cette sensation désagréable me quitte.

— Bonjour, je m'appelle François Clémentin et je viens rencontrer un policier qui m'a donné rendez-vous.

Quel est son nom? m'a demandé une dame quelconque.

Je me suis rendu compte que je l'ignorais encore.

— Je ne sais pas. C'est un policier à-ses-premiers-pas, dépourvu d'humour, mais rapide pour raccrocher des combinés
de téléphone. Il semble un peu idiot, mais il se rattrape par
sa ponctualité.

– Je ne sais pas de qui vous voulez parler.

Elle semblait un peu vexée. J'ai pensé qu'elle était peut-être l'amante du policier et qu'elle n'avait pas apprécié l'utilisation du terme «idiot».

– En fait, il n'est pas si idiot que ça. Sur la courbe de l'imbécillité, il est juste en dessous de «normal». Rien qui vaille la peine de s'y attarder.

Je n'ai pas eu besoin d'en dire plus, puisque j'ai aperçu dans le corridor mon ami policier. Je lui ai fait un très grand sourire qui voulait dire: «J'accepte avec sérénité le lien qui nous unira éternellement.» Il m'a rendu mon sourire, mais il me semble que le sien signifiait plutôt: «Je suis si heureux de vous revoir!» Ça m'a mis de bonne humeur.

– Bonjour, François. Je ne m'éterniserai pas avec vous, je n'en ai aucune envie. J'ai fait parvenir le cadavre qui traînait dans votre maison au laboratoire d'autopsie. Le pathologiste m'a appris certaines choses qui vont vous intéresser, je crois.

– Vous avez bien fait. Félicitations pour votre jugement.

J'ai été surpris de ma dernière remarque. J'étais loin de me douter que je prononcerais ces paroles un jour.

– Oui. Bof. Enfin. Disons que je ne crois pas m'être trompé en présumant dès le départ qu'il s'agissait d'un suicide. Selon le pathologiste, Damien Damien se serait étranglé avec sa cravate.

– Vous en êtes sûr? Une voyante m'a pourtant affirmé que c'était bel et bien un meurtre!

– Vous mettez en doute les paroles d'un pathologiste pour souscrire à celles d'une voyante?

– Sachez qu'elle avait une très belle boule de simili-cristal. Qu'est-ce que le pathologiste avait, lui?

– Il avait de très beaux bistouris.

Au mot «bistouri», j'ai éclaté de rire. Je n'étais plus capable de m'arrêter. Plus je riais et plus j'avais envie de rire. Et plus j'avais envie de rire, plus je riais. Il me fallait sortir à tout prix de ce cercle vertueux de bonheur parce que je sentais tous les regards sur moi.

– Vous voulez dire qu'il avait de très beaux pectoraux, ai-je rectifié en pouffant de rire de nouveau.

– Non, crétin. Il avait de très beaux bistouris. Un bistouri est un petit couteau qui sert à ouvrir le ventre ou une autre partie de l'anatomie.

– Comme votre cerveau, policier ? Ça nous permettrait enfin de comprendre ce qui vous rend si imbécile ! ai-je répondu sèchement.

Me faire traiter de crétin par un imbécile avait complètement éteint mes éclats de bonheur.

– Et qui vous dit que Damien Damien n'a pas été empoisonné et qu'on ne l'a pas pendu ensuite ?

– Parce que le pathologiste n'a détecté aucun poison dans son estomac. Il n'y a trouvé que de l'ail, des oignons, des aubergines, des courgettes et des tomates.

– WOW ! Quel homme extraordinaire, votre pathologiste ! Vous auriez pu découvrir la même chose simplement en interviewant un caissier !

– Hein ? Un caissier ?

– Oui, un caissier ! Mais bon, j'imagine que, comme vous n'êtes qu'un grade à-ses-premiers-pas, il ne vous est jamais passé par la tête d'interroger les caissiers !

– Effectivement.

– C'est ce que je pensais.

– C'est ce que vous pensiez ?

– Oui, c'est ce que je pensais.

– Vraiment ?

– Oui !

– Que pensiez-vous, déjà ?

– Euh…

Je ne me rappelais plus et ça m'a gêné. Il était temps de clore la rencontre.

– Bon, je n'ai plus le temps de discuter, ai-je tranché. Une fille m'attend toute nue dans mon lit. Et elle est très belle, ai-je ajouté pour lui clouer le bec.

Et je suis parti en claquant la porte. Mais cette porte était dotée d'un mécanisme d'amortissement, de sorte que je n'ai malheureusement pas eu l'effet escompté.

À soleil de plomb, journée de merde.

Chapitre 41

Il y a des jours comme ceux-là qui ne méritent pas de nous voir les vivre. Ma visite au poste de police ne sonnait pas la fin de mon calvaire, au contraire. En sortant, j'ai éprouvé à nouveau la sensation désagréable d'être poursuivi.

J'ai très vite tourné la tête pour repérer un écureuil plus grand que nature. Beaucoup trop grand pour être vrai, d'ailleurs. Il s'agissait indubitablement d'un homme déguisé. Ce faux écureuil était mon poursuivant. Je le savais parce qu'il a évité mon regard comme si je l'avais surpris en flagrant délit.

Je me suis enfui au pas de course. Je haletais, je transpirais, mais je courais. Tel un vrai écureuil, mon poursuivant faisait de grands bonds; il gagnait dangereusement du terrain. Je me suis caché derrière une poubelle. Malheureusement, je n'ai pas fait attention à mes oreilles qui dépassaient. L'écureuil m'a trouvé et m'a pris par le collet.

– Vous me donnez le trésor ou je vous tue!

– Quel trésor? Et puis qui êtes-vous? Ne me dites pas que vous êtes un écureuil, je ne suis pas dupe!

– DONNEZ-MOI LE TRÉSOR OU JE VOUS TUE!

– Vous ne connaissez que ces paroles, ma foi?

J'ai scruté son déguisement attentivement. Quelque chose clochait, mais quoi? Ça puait l'anomalie. Il me fallait gagner du temps.

– Je vous rappelle que j'ignore de quel trésor vous parlez.

– Je parle du trésor qui contient le Slinky en or massif!

– Je ne sais même pas ce qu'est un Slinky!

– Vous mentez. Attention, Clémentin : niez une fois de plus et je vous sers le guet-apens que j'ai préparé juste pour vous.

– C'est quoi, un guet-apens ?

Vous savez que je savais ce qu'était un guet-apens. Mais je voulais m'assurer que je n'avais pas affaire à un écureuil impertinent qui ne sait pas ce qu'est un guet-apens et qui se fait toujours avoir par les voleurs de provisions.

– Un guet-apens, c'est un piège qu'on tend à quelqu'un dans le but de le tromper. Par exemple, vous voulez vous construire une maison solide et on vous vend de la paille, m'a-t-il expliqué.

– Moi, je traîne toujours ma boussole, ma montre, mon thermomètre et quelques briques, alors ce n'est pas le genre de guet-apens qui m'effraie.

Évidemment, je ne me promène jamais avec une boussole, un thermomètre, une montre et une brique en même temps. Mais je ne voulais pas qu'il me prenne pour un idiot.

– Vous êtes vraiment idiot de vous promener avec tous ces trucs. Et à quoi vous sert un thermomètre si vous construisez une maison ? Enfin, ne changeons pas de sujet : le Slinky en or massif, où est-il ?

– Ce Slinky, il est à moi ! C'est moi, l'âme pure à l'intelligence sans limite ! Je le mérite. Il est à moi, il est à moi, il est à moi !

Je le défiais, je n'avais plus peur. Je ne saurais comment l'expliquer, mais je sentais que le fantôme de Damien Damien me protégeait. C'était cet homme, déguisé en écureuil, qui avait menacé Damien Damien, j'en étais sûr. Et puis, un détail a attiré mon attention : cet écureuil avait une queue de lapin, la même que le simili-lapin rencontré au parc Pierre-Ménard. J'ai dit d'une voix ferme :

– Je sais qui vous êtes. Sous vos allures d'écureuil, vous êtes en fait le simili-lapin qui m'a tabassé l'autre jour. Vous m'avez demandé une mallette en échange d'un numéro de téléphone qui m'a mené à Damien Damien père. Mais je ne suis pas naïf :

je sais très bien que vous vouliez me conduire sur une mauvaise piste pour gagner du temps et trouver le trésor avant moi. Votre stratagème comportait une faille majeure cependant : j'ai une intelligence sans limite, de sorte que je ne me laisse pas berner facilement. Vous avez gaffé : vous vous êtes mépris sur l'apparence d'une queue d'écureuil, l'ai-je accusé en le fixant droit dans les yeux.

Il a regardé sa queue. Et, drôle de coïncidence, au même moment, un vrai petit écureuil lui passait entre les jambes. Difficile pour mon assaillant de nier son erreur. Il a semblé embarrassé.

– Qu'importe si je suis un simili-lapin ou un simili-écureuil. Je vous le demande une dernière fois : donnez-moi ce que j'exige ou je vous tue.

– Vous ne pouvez pas me tuer et vous le savez très bien. Si vous me tuez, jamais vous ne découvrirez la cachette du Slinky.

Cette dernière phrase l'a mis en rogne. Il a sauté sur moi comme un écureuil sauvage. Il s'est mis à me tabasser très fort. J'avais oublié son très bon coup droit. Je me défendais comme je pouvais, mais il bénéficiait d'un avantage : des molaires assez fortes pour casser des écailles de noix. Et il ne s'est pas gêné pour s'en servir.

J'en étais à ma troisième morsure quand j'ai entendu une voix qui me semblait familière :

– MONSIEUR L'ÉCUREUIL, LES PATTES EN L'AIR !

Ce n'était pas la voix du fantôme de Damien ni celle de Cléo. Ce n'était pas la voix de Dieu ni celle de Martine non plus. Ce n'était pas la voix d'un politicien, bien que je n'en sois pas certain. Ce n'était pas une voix de ténor ni de baryton. J'ai regardé en direction d'où la voix semblait provenir et j'ai vu une chose incroyable.

L'homme qui était venu à ma rescousse était le policier, mon policier. Le dépourvu d'humour, rapide et ponctuel. J'ajouterais désormais « l'avisé » et je laisserais tomber « l'imbécile ».

L'écureuil a retiré ses molaires de ma peau, laissant deux plaies béantes qui laisseraient des traces permanentes. Il avait des dents acérées, mais rien vraiment qui puisse faire compétition à un revolver MX-1456-ABC-23-VII. Le policier a menotté le simili-écureuil comme il l'aurait fait si ç'avait été un simili-lapin.

Je n'aurais jamais cru une chose pareille, mais un policier à-ses-premiers-pas m'avait sauvé la vie. Je lui en serais redevable pendant au moins une semaine.

Chapitre 42

Les morsures avaient eu cet effet curieux de geler mon cerveau. Je n'avais pas le goût de faire l'amour ni de faire la guerre. Je n'avais même pas la force de me faire cuire un œuf, de sorte que n'importe quelle personne qui m'aurait dit : « Va te faire cuire un œuf » n'aurait trouvé aucune résonance dans mes actions.

J'étais donc sur le point d'arrêter d'écrire, mais Cléo m'a suggéré de vous raconter quand même l'incroyable dénouement de l'histoire.

– François, les lecteurs sont en droit de connaître l'aboutissement de ton enquête.

– Sont en droit, sont en droit… existe-t-il une loi à ce sujet ?

– Non, mais mets-toi à leur place, aimerais-tu lire une histoire dont il manque la fin ?

– Je lis rarement des bouquins. Et quand j'en lis un, je m'arrête généralement aux alentours de la septième page. C'est d'ailleurs pour cette raison que j'ai apporté un soin particulier à la septième page de mon roman.

– Tu sais ce que dit la maxime…

– Quelle maxime ?

– *À roman interrompu, auteur cocu ; à roman achevé, auteur comblé.*

– Bon, bon, tu gagnes.

Cléo m'a fait un sourire qui voulait dire : « J'ai inventé cette maxime de toutes pièces. » Mais je n'ai pas rouspété. Voici donc le dénouement de l'enquête.

Quelques jours après m'être remis de mes morsures, je suis allé visiter Fabio H. au zoo. Il était distant, taciturne, colérique. Je lui ai demandé pourquoi. Il m'a répondu qu'il m'en voulait de l'avoir oublié au zoo, comme on oublie la date de sa première communion. J'ai demandé pardon. Il m'a expliqué posément qu'il ne se sentait pas encore prêt à tourner la page, qu'il avait besoin de temps, que les déchirures du cœur, ça ne se cicatrise pas en criant « pansement ! », et que seul *Le Grand Livre du Destin* savait si nos chemins se croiseraient à nouveau.

Je n'ai pas tout saisi, surtout le passage sur le livre, mais je n'ai pas posé de questions. Je l'ai écouté attentivement, en hochant la tête à l'occasion, lui signifiant que je comprenais ce qu'il ressentait. Peut-être que cette attitude lui a redonné confiance en moi, car il m'a pris à l'écart et m'a révélé ceci : trois semaines après son arrivée au zoo, il s'était enfui pour revenir à la maison avec l'intention de me crier des bêtises. Je n'étais pas là le jour de son retour. Il projetait donc de prendre un bain à l'huile de noix en m'attendant. Cependant, en entrant dans la salle de bain, il avait aperçu un homme, debout sur un tabouret, qui tentait de dépêtrer sa cravate coincée dans un vilain crochet. Ne le connaissant pas, il s'était empressé de sortir mais, ce faisant, il avait malencontreusement accroché le tabouret, causant ainsi la mort par strangulation de Damien Damien. Honteux, il était reparti.

Cet aveu expliquait bien des choses : le poil roux, la petite graine noire, la motte de terre.

Ce n'était donc ni un suicide, comme le laissait entendre mon ami policier, ni un meurtre, comme le supposait la voyante. Plutôt un bête accident, comme cette fois où un cuisinier avait déversé une quantité létale de glutamate monosodique dans le chow mein de son client. Je n'ai jamais rapporté cette histoire à la police. Coffrer Fabio H. était inutile, les barreaux des prisons fédérales n'étant pas en règle avec la Loi sur l'espacement des barreaux de cages à hamsters.

Après tous ces événements qui ont ponctué mon existence, je peux vous affirmer que je ressens un certain essoufflement. J'ai résolu une enquête, oublié un ami dans un zoo, vécu une expérience de vie après la mort, fait·des rencontres amicales, eu un bébé et écrit un livre.

Que dire de plus ? Ah, et puis merde. Je vous le donne en mille : mon fils, c'est un garçon.

Épilogue

Ceci est mon premier livre. Ce n'est pas facile, le premier livre. Mais ça, vous le saviez déjà.

Ce que vous ignoriez, par contre, c'est qu'en plus d'une histoire intéressante, d'un élément déclencheur et d'un début de roman, l'écriture d'un livre exige aussi qu'on trouve une fin. En fait, je vous dirais que la fin est aussi importante que le début.

Je voulais trouver une excellente finale à l'histoire, un peu à la *Cendrillon* : « Ils vécurent heureux et eurent beaucoup d'enfants. » Mais cette phrase, je l'avais déjà utilisée lors de la rencontre imaginée entre Fabio H. et Grignotine. Il fallait chercher quelque chose de plus original.

Puisque j'étais dans une impasse, j'ai demandé à mon meilleur ami Cléo de m'aider à trouver une fin créative et digne de mon roman. Il m'a dit que, s'il était à ma place, il privilégierait une fin heureuse « pour ne pas ajouter au marasme ambiant ». J'étais bien d'accord. Il m'a fait remarquer que les plus belles fins sont souvent celles qui rassemblent amis, musique et banquet.

C'est ce que j'ai fait. Une année après la naissance de mon fils, j'ai convié à un vaste festin tous ceux qui, au fil des chapitres, m'avaient ému, aimé ou encore fait rire. Je n'ai pas non plus oublié les personnes qui m'avaient déçu, contredit ou même mis en colère. Il vient un temps dans la vie où il faut pardonner et regarder vers l'avant.

Ce qu'il y a de merveilleux, c'est que tout ce beau monde est venu (ou presque). Il y avait bien sûr Cléo, avec sa candeur et son allure de poisson, quoi qu'il en dise. Il y avait Ludovic, à qui on avait donné la permission de sortir de l'hôpital psychiatrique pour l'occasion. Benjamin était également au rendez-vous, arborant un beau teint bronzé.

J'ai vu les docteurs Merrill, Bernatchez et le moustachu (je ne me souviens plus de son nom). Je leur ai raconté, à leur plus grand bonheur, que la lumière au bout du tunnel était en réalité magnifique et que, depuis cette expérience, je vivais dans une sorte de transe hypnotique permanente. Ce n'était pas exact, mais qu'est-ce que la vérité, au fond? Personne ne le sait vraiment, même pas les philosophes.

Irène s'est pointée, monsieur Babi aussi. Entre les deux, ç'a été le coup de foudre instantané. Un beau moment de la soirée.

Tous mes voisins se sont mêlés à la fête: René Descôteaux (sans son pince-nez cette fois, signe que j'avais gagné sa confiance), Jean-Philippe Leblanc, accompagné de sa femme exhibant fièrement sa belle cravate à pois jaunes et, bien sûr, Pinsonnault, revolver à la main et sourire aux lèvres.

Judie, Madeleine, Gustave B. Le Bon, les acteurs exécrables que j'avais auditionnés, Greg, la voyante, Martine et son mari, mon bébé et le préposé à l'admission du zoo m'ont également fait cadeau de leur présence. Même Réjean Ducharme est venu faire son tour, profitant des quelques moments de distraction des invités pour ingurgiter une quantité astronomique d'alcool.

Je n'ai pas regretté le couteau offert à Damien Damien père. Voilà qu'il s'en était servi pour égratigner très légèrement le gardien, juste assez pour faire diversion et s'enfuir de la prison. Quand je lui ai dit qu'il n'aurait pas dû se donner tant de mal pour participer à ma fête, il m'a répondu: «Tu sais bien que je n'aurais manqué ça pour rien au monde.»

Seule ombre au tableau: j'ai accidentellement décapité un lapin. Je buvais tranquillement ma sangria quand j'ai vu bondir derrière moi cet animal joufflu. Mon cœur a cessé de battre un instant: j'ai vraiment eu très peur de me faire tabasser. Je lui ai littéralement sauté dessus et j'ai tiré très fort sur le pelage de sa tête, bien déterminé à découvrir qui se cachait derrière ce fameux costume. Ce n'était pas un costume. C'était seulement un gentil lapin qui avait entendu les fous rires et qui voulait se mêler à la fête. Pas de chance. À manque de bol, pas de salade.

Les extraterrestres manquaient à l'appel, malgré mon invitation en bonne et due forme. J'ai appris par la suite qu'ils n'avaient pas trouvé de place de stationnement pour garer leur vaisseau spatial. Je ne sais pas s'ils ont inventé cette histoire parce qu'ils n'avaient pas envie de venir, mais j'ai décidé de les croire. Le caissier du supermarché non plus n'est pas venu, mais c'est tout naturel : quand on fait un casse-tête, on s'expose toujours à ce qu'il manque quelques pièces.

Un autre grand pote à moi est venu me voir. Il n'a pas arrêté de maugréer toute la soirée : « La vie n'est pas facile. » Je lui ai répondu : « Ouais », comme j'avais toujours eu envie de le faire.

Billy aussi a fait acte de présence, ne laissant paraître aucun signe de rancune à mon égard, même si j'avais décidé de ne pas l'inclure dans mon roman. Je lui ai présenté Gastonne Chapon, qui arborait une belle robe de mariée « parce que je n'ai pas pu me la faire rembourser » m'a-t-elle appris. Aucun signe de nausée à l'horizon chez Billy. Par contre, moi, j'ai vomi un peu en la saluant.

J'ai ouvert une bouteille de scotch, que j'ai partagée avec mon ami policier. Nous avons trinqué à sa promotion. De policier à-ses-premiers-pas, il était maintenant parvenu au grade de policier à-ses-deuxièmes-pas. Nous avons terminé la soirée ivres morts, à reproduire certaines scènes de la télésérie *Columbo*.

Mais ma plus grande surprise est venue de Fabio H. Comme s'il avait flairé l'odeur d'armistice qui planait dans l'air, il était revenu me voir et m'avait pardonné de l'avoir malencontreusement oublié au zoo. Et vous savez quoi ? Il était accompagné d'une jolie souris du nom de Flatouille. Comme quoi la fiction n'est jamais très loin de la réalité.

Pour couronner le tout, j'ai passé un moment inoubliable avec la dame de la subvention, Josiane. Vous savez, celle qui voulait davantage de préliminaires ? J'ai pris soin cette fois-ci de ne pas la brusquer. Nous avons joué pendant deux ou trois jours à Chaud ou froid avant de vivre notre première nuit d'amour.

Je peux vous affirmer que c'était indubitablement une belle journée. Une de ces journées où chacun fait l'effort de mettre un peu d'eau dans son vin, où chacun prête davantage l'oreille à l'autre, une journée de partage, d'entraide mutuelle et de clins d'œil de connivence. Une journée merveilleuse qui nous guide tout doucement, presque sournoisement, sans nous avertir, vers un monde meilleur.

Achevé d'imprimer au Canada
sur papier Enviro 100% recyclé
sur les presses de Marquis Imprimeur Inc.

100%